blue

LA COULEUR DE MES SECRETS

Camille Pujol

blue

LA COULEUR DE MES SECRETS

Michel LAFON POCHE

118, avenue Achille-Peretti – CS 70024
92521 Neuilly-sur-Seine Cedex
www.lire-en-serie.com

1

Le réveil sonne. Aujourd'hui, lundi 5 avril, c'est mon premier jour dans mon nouveau lycée. Je m'appelle Blue Stevens. Comme la plupart des élèves de terminale, j'ai dix-sept ans. Mais contrairement à la plupart d'entre eux, j'ai les cheveux bleus. Et ce n'est pas la seule raison pour laquelle je suis différente des autres. Après tout, ce n'est pas tous les jours qu'une élève de terminale change de lycée à moins de trois mois du bac !

Certains penseront que ce sont mes parents qui m'ont obligée à déménager à Toulouse, ou encore que j'ai été virée de mon ancien lycée. Je m'attends à toutes sortes de questions, même si je préférerais les éviter. Pour l'instant, j'essaye de ne pas trop y penser, car cela m'angoisse un peu. Je vais tenter de ne pas attirer l'attention, il faut à tout prix que je me fonde dans la masse.

Je n'ai jamais été très sociable dans mon ancien lycée. Je mangeais tous les midis chez moi et, dès que je sortais des cours, j'allais au café où travaillait ma mère, Kathy. Je vis avec elle et mon petit frère, Kylian. Il a sept ans.

Mon père est militaire, donc on le voit très peu, une fois tous les six mois environ. L'année dernière, il s'est fait tirer dessus, a été très grièvement blessé et est resté dans le coma pendant deux mois. Cette période a été très difficile pour ma mère, et elle a fait une sorte de dépression.

Pendant que mon père était hospitalisé, j'ai un peu tenu le rôle de maman, du coup. La gérante du café où elle travaillait avait accepté de me payer pour les heures que je faisais à sa place. Tous les soirs, j'allais chercher Kylian à l'école, et le matin il prenait le bus avec moi. Heureusement, cette mauvaise passe est derrière nous, maintenant.

Je me décide enfin à me lever. J'ouvre les volets et la fenêtre, et le soleil m'éblouit légèrement. Il fait assez beau pour un mois d'avril. Ici, à Toulouse, c'est vraiment différent de mon ancienne ville, tout a l'air si tranquille. Mais ce n'est pas parce que Toulouse en a l'air que c'est une ville sans problème. Aucune ville ne l'est.

Après avoir pris ma douche, j'opte pour une tenue assez simple et passe-partout, histoire de ne pas me faire remarquer. Un jean déchiré au niveau des genoux et un tee-shirt blanc tout simple à manches courtes. Je prends ma veste en cuir et descends rejoindre ma mère et mon petit frère dans la cuisine, pour prendre mon petit déjeuner.

– Tu n'es pas trop stressée ? m'interroge ma mère.

– Un peu, mais ça ira, je la rassure.

Ma mère est encore plus stressée que moi. Elle me sourit tendrement et finit de boire son café avant de monter avec Kylian pour s'occuper de lui. Pour lui aussi, c'est le premier jour dans sa nouvelle école, mais il n'est pas d'un naturel angoissé, donc il n'est pas anxieux. Je me prépare ma tasse de café quotidienne et recouvre ma brioche de pâte à tartiner. Des dizaines de questions se bousculent dans ma tête. Je vais être dans quelle classe ? Est-ce que je serai l'attraction du jour, ou bien les autres vont-ils m'ignorer ? Est-ce que je vais devoir me présenter devant toute la classe ? Je prends une grande inspiration et tente de me vider l'esprit.

Je finis de me préparer et m'empresse d'enfiler mes chaussures, car je suis légèrement en retard. Alors que je m'apprête à passer la porte d'entrée en criant « bonne journée », ma mère me retient.

– Blue, ça te dérangerait de venir m'aider au café après les cours ? me demande-t-elle.

– Pas de soucis. Il faut que j'y aille, sinon je risque d'être en retard. À ce soir !

Le seul bon côté de ce déménagement, c'est que ma mère peut enfin réaliser son rêve, c'est-à-dire avoir son propre café. Même s'il n'a pas un nom très original – le Kathy's Café –, elle en est très fière et j'ai vraiment hâte de le découvrir. Elle a embauché une serveuse, Élie, mais je viendrai en renfort quand il y aura beaucoup de monde.

Je me mets en route vers le lycée. On habite assez près et je peux y aller à pied. Très sincèrement, je préfère marcher plutôt que prendre le bus, comme ça je n'ai pas à assister au spectacle de la troupe assise au fond. Ces ados qui ont plus de mille amis Facebook et qui se croient meilleurs que les autres, qui sont la plupart du temps hypocrites et arrogants. Je n'aime pas ce genre de personnes. J'arrive devant l'établissement, où plusieurs groupes sont en train de fumer devant le portail. Soudain une fille me remarque et donne un coup de coude à son amie, qui lève à son tour les yeux vers moi. J'imagine qu'avoir des cheveux bleus n'aide pas beaucoup à passer inaperçu…

Je dois me rendre dans le bureau du principal, mais en pénétrant dans l'enceinte du lycée, je me rends compte à quel point ça va être difficile de le trouver dans un si grand bâtiment. Perdue, oui, je suis complètement perdue. Des dizaines d'élèves passent à côté de moi en m'ignorant, tandis que je reste figée au milieu de la cour. Soudain, un garçon s'approche de moi.

– Tu as l'air perdue, je peux t'aider ? me demande-t-il.

– Euh… Oui… Je cherche le bureau du principal, je bégaye. C'est mon premier jour ici.

– Oh, une nouvelle ! Je m'appelle Minho. Alors, tu vois la grande porte rouge ? Et bien derrière cette porte, il y a un couloir, et le bureau du proviseur, c'est la seconde porte à gauche.

– Merci ! Moi, c'est Blue.

– Ravi de te rencontrer, Blue.

Il me sourit avant de poursuivre son chemin. Minho est d'origine asiatique, il a un visage accueillant et a l'air de sourire tout le temps. Arrivée devant la porte du fameux bureau, je toque et attends qu'on me donne la permission d'entrer. La sonnerie retentit et j'en déduis que je vais être en retard pour mon premier jour. Des cris proviennent du bureau. Quelques secondes après, un jeune homme en sort en me bousculant.

– Hé, tu pourrais faire attention, je murmure en espérant qu'il n'entende pas.

– T'as dit quoi, la nouvelle ? me demande-t-il en haussant le ton.

– Vous devez être Mlle Stevens, la nouvelle élève de terminale, je présume ? me demande le principal qui sort du bureau au même moment.

– Oui, c'est moi.

– Bien. M. Rey est dans votre classe, il va pouvoir vous conduire jusqu'à votre prochain cours. Vous irez ensuite à la Vie scolaire à 10 heures, pour récupérer votre emploi du temps, ainsi que votre carte de cantine et le cadenas de votre casier.

Sans me donner le temps de répliquer, il ferme la porte. Je me tourne vers « M. Rey », qui pousse un soupir d'exaspération. Pendant quelques secondes, je l'examine de la tête aux pieds. Il a les yeux verts et des cheveux bruns. Les traits marqués de son visage font ressortir sa mâchoire carrée. Il est très charmant, musclé, mais il a surtout l'air ennuyé par ma présence.

– Bon, dépêche-toi, Stevens, je n'ai pas que ça à faire, crache-t-il.

– Ne m'appelle pas Stevens.

– Et comment veux-tu que je t'appelle, mademoiselle la nouvelle ?

– Je m'appelle Blue.

– OK. Donc, Blue, tu vas gentiment bouger tes petites fesses, parce que je n'ai pas que ça à faire.

Arrogant et malpoli. Rey doit sûrement faire partie du fameux groupe qui s'assied au fond du bus. Nous nous mettons en marche dans le couloir désert et on arrive rapidement devant la porte de notre salle de classe, puisqu'il frappe et entre.

– Bonjour, madame Smith, je vous amène une nouvelle élève et je m'en vais, lance le brun qui m'accompagne.

Il prend soin de me donner un coup d'épaule avant de sortir. Dans la salle de classe, tous les regards sont tournés vers moi. J'entends quelques remarques sur ma couleur de cheveux ou encore sur mon physique, mais j'essaye de ne pas y prêter attention.

– Ah, tu dois être mademoiselle Stevens. Va t'asseoir à côté de Minho. Minho, lève la main, s'il te plaît.

Quand j'entends le prénom de Minho, je pousse un soupir de soulagement. Il lève la main et je prends place à côté de lui. Cela me rassure d'être dans sa classe, il a vraiment l'air gentil. Mais parfois, les apparences sont trompeuses.

– Alors, tu as fait la rencontre de Nathan ? me demande-t-il, curieux.

Nathan ? Je fronce les sourcils, n'ayant aucune idée de qui est Nathan. Il comprend très vite que je ne vois pas de qui il veut parler.

– C'est le garçon qui t'a amenée ici.

– Ah, lui ? Le garçon malpoli et tellement arrogant…

Il rigole, amusé par ma réponse. Alors qu'il reprend la parole, Mme Smith nous interrompt.

– *Minho, be quiet, please.*

– *Sorry.*

Je profite de ce cours d'anglais légèrement ennuyeux pour me faire une première impression des élèves. Je remarque très vite que plus de la moitié de la classe écoute très attentivement, ce qui n'était pas le cas dans mon ancien lycée. Il y a un groupe de filles assez bavardes au deuxième rang. Les rangs du fond sont occupés par quelques garçons qui n'attendent qu'une chose, la sonnerie. Une classe assez banale, donc. Je me concentre à nouveau sur le cours.

Quand l'heure se termine, Minho propose de me faire visiter le lycée, et j'accepte, mais je l'informe que je dois aller récupérer mon emploi du temps, la carte de cantine et le cadenas de mon casier. Il se met en route vers la Vie scolaire tout en m'expliquant le fonctionnement du lycée et ce qui pourrait m'être utile. Il me rapporte aussi les commérages. Grâce à lui, je suis au courant de la vie d'un tas d'élèves. Il y a plusieurs groupes dans le lycée ; entre les sportifs, les drogués, les geeks, les gothiques et les hippies, je pense que le groupe d'amis de Minho est celui qui me correspond le mieux. J'ai vraiment eu de la chance de me retrouver dans la même classe que lui !

– Maintenant, passons au groupe de Nathan, celui qui t'a accompagnée ce matin, précise-t-il.

Tout à coup, je suis plus attentive.

– Il était composé d'Ethan, son meilleur ami, et de Hugo. Ethan, lui, a eu son bac du premier coup, contrairement aux deux autres. C'était le trio des mecs populaires. Maintenant ils ne sont plus que deux, même si Ethan vient les voir au lycée de temps en temps. Ils sont tous les trois connus comme de gros fêtards, et surtout pour avoir mis dans leur lit la moitié du lycée. Ils ne sont pas fréquentables, surtout Nathan et Hugo. Des rumeurs disent qu'ils organisent des combats de boxe illégaux en dehors du lycée. Si tu veux un conseil : reste loin d'eux.

Cela ne m'étonne pas, Nathan correspond complètement au profil qu'il vient de me décrire. Je n'ai pas encore eu l'honneur de rencontrer Hugo et Ethan, et je ne sais pas à quoi ils ressemblent, mais d'après ce que m'a fait comprendre Minho, ils n'ont pas l'air très agréables non plus. Même si Ethan est probablement un peu moins idiot que les deux autres.

Le reste de la matinée se passe sans encombre. Pendant le cours de mathématiques, j'ai été plus attentive. Comme je suis en S, c'est une matière très importante pour le bac. À la fin de notre dernier cours, Minho me propose de déjeuner avec lui et ses amis. J'accepte immédiatement et le remercie, parce que manger seule le premier jour, c'est vraiment à éviter.

Nous nous installons à une table de quatre. Je m'assieds à côté de Minho, en face de Cameron et Léa. Pendant que Minho flirte avec Léa, Cameron et moi apprenons à nous connaître. Soyons honnête, Cameron est assez mignon. Il n'est pas aussi beau que Nathan, mais lui, au moins, il est gentil. Il a des yeux noisette vraiment magnifiques. Soudain, Cameron me sort de ma contemplation pour me poser la question que je redoutais.

– Pourquoi as-tu déménagé ? m'interroge-t-il.

– Heu… Ma mère a trouvé le boulot de ses rêves ici, donc je l'ai suivie.

Je n'aime pas mentir, mais j'y suis obligée. Heureusement, les autres questions qu'il me pose sont banales. Nous rigolons tout au long du repas, et malgré le fait qu'ils ne me connaissent pas, Minho, Cameron et Léa m'ont bien intégrée.

Même si je n'ai pas beaucoup parlé avec Léa, je la trouve vraiment sympa. Elle est petite, ses cheveux sont bruns et contrastent avec le bleu clair de ses yeux. Elle est coquette sans être vulgaire. Dommage qu'elle ne soit pas dans ma classe, elle a l'air plus agréable que la plupart des filles de mon groupe. Avant de sortir du réfectoire, je donne mon numéro de téléphone à Minho, au cas où je ne retrouverais pas la salle de mon prochain cours.

Je décide enfin de jeter un œil à mon emploi du temps, et remarque que j'ai deux heures de libres dans mon programme. Alors je me rends à la bibliothèque. Les couloirs sont déserts à cette heure-ci, les élèves sont en train de manger ou de profiter du soleil dehors. Au moment où j'entre dans la bibliothèque, je me rends compte que je n'ai pas revu Nathan depuis qu'il m'a laissée en anglais, alors qu'il aurait dû être aussi en cours de maths avec nous. Je ne sais pas pourquoi j'y pense. Après tout, nous ne nous sommes parlé que quelques secondes. Mais quelque chose m'intrigue chez lui. Il est mystérieux, en tout cas, plus mystérieux que moi.

Je chasse Nathan de mes pensées et me dirige vers le rayon « Fantastique », où je choisis *Journal d'un vampire*. Je l'ai déjà lu plusieurs fois, mais ça ne m'empêche pas de l'apprécier à chaque nouvelle relecture. Je m'installe à une table. Nous ne sommes que trois dans la salle, la documentaliste, un élève qui a l'air plutôt sérieux, et moi.

C'est très silencieux, je peux donc me plonger dans mon livre. J'ai l'impression d'être dans une bulle quand je lis, comme si rien ni personne ne pouvait m'atteindre. Mais ma petite bulle éclate quand quelqu'un tire la chaise à côté de moi et s'y assied. Je ne tourne pas la tête, trop concentrée sur mon bouquin.

– Alors la nouvelle, le lycée te plaît ? me demande une voix que je reconnais.

– Qu'est-ce que tu fais là, Nathan ?

Je détourne le regard de mon livre pour lui faire face. Un sourire malsain se dessine sur ses lèvres.

– Oh, tu connais mon prénom, remarque-t-il. Qu'est-ce que tu sais d'autre sur moi ?

– Je sais que tu es arrogant, que tu sautes sur tout

ce qui bouge et que tu n'es pas fréquentable. Donc, je répète ma question, que fais-tu à la bibliothèque ?

– N'ai-je pas le droit de vouloir lire un peu ? dit-il d'un ton moqueur.

Il croise ses mains derrière sa tête et ferme les yeux ; son sourire insolent reste plaqué sur son visage. Il s'imagine que je ne vais pas lui répondre, que je vais reprendre ma lecture comme si de rien n'était. Mais il se trompe. Son air hautain et supérieur m'insupporte, et je compte bien lui clouer le bec.

– Ah, tu sais lire ?

Il ouvre les yeux avec une expression de surprise et fronce les sourcils. Il ne s'attendait pas que je lui réponde. Alors qu'il allait répliquer, son téléphone lui signale un texto. Il le lit et se lève.

– Tu as de la repartie, princesse. Je cherchais juste à échapper à un coup d'un soir un peu trop collant. Je te parie qu'on se reverra très vite, ajoute-t-il.

Il me tourne le dos et disparaît de mon champ de vision. « Princesse »… Il me donne déjà un surnom, alors que ça fait quelques heures que nous nous connaissons, c'est ridicule.

Après notre petite explication, je me replonge dans ma lecture. Quelques minutes plus tard, la sonnerie retentit, je range le livre et me rends à mon cours suivant. Minho et moi discutons en attendant le professeur dans le couloir.

– Alors, tu t'es bien amusée à la bibliothèque ? me demande-t-il d'un ton ironique.

– J'aurais pu, si Nathan n'avait pas décidé de me faire l'honneur de sa présence.

Je vois qu'il est étonné, mais il finit par reprendre la parole.

– Rey à la bibliothèque ? Tu es sûre que tu n'as pas eu d'hallucination ?

– Non, mais de toute façon, il n'était pas là pour lire ou étudier. Il voulait échapper à une fille trop collante, si j'ai bien compris.

Minho hoche la tête, mais fronce toujours les sourcils.

– Et qu'est-ce que vous vous êtes dit ?

– Rien de très intéressant, je lui ai juste demandé ce qu'il faisait là. Il m'a cherchée, et il m'a trouvée. Ce garçon m'énerve.

– Tu devrais vraiment l'éviter, je t'assure qu'il est dangereux, me conseille Minho.

Avant que je puisse répondre, notre professeur de physique fait son apparition et nous demande de rentrer dans le calme.

Le reste de l'après-midi se passe comme tous les après-midi dans n'importe quel lycée. À la fin des cours, je dis au revoir à Minho et me mets en route pour le café. Ma mère m'avait expliqué comment y aller depuis le lycée, et j'essaye de me rappeler tant bien que mal le chemin.

À travers la baie vitrée du Kathy's Café, je la vois en train de servir des clients. Je me dépêche d'entrer, lui adresse un signe de la main et passe derrière le comptoir. J'enfile mon tablier de serveuse et noue mes cheveux bleus en une simple queue-de-cheval. Je prends quelques secondes pour admirer l'intérieur du bar. Sur les murs, ma mère a collé des affiches de films et de concerts, entourées de quelques citations de personnages célèbres. Les clients ont le regard rivé sur les murs, ils semblent aimer la déco.

Ma mère me rejoint derrière le comptoir et me demande comment s'est passée ma journée. Je lui raconte tout en détail et lui parle de mes nouveaux amis mais je me garde bien de parler de Nathan, parce que dès que je parle de garçons, elle veut tout savoir.

Ma mère est un peu comme ma meilleure amie. Je sais que cela peut paraître bizarre, parce que habituellement les adolescents ont plutôt tendance à cacher des choses à leurs parents. Avant, nous n'étions pas aussi proches. Sans être pour autant en conflit avec elle, je lui confiais simplement moins de choses et dissimulais la vérité.

Elle me fait subir un véritable interrogatoire sur Minho et Cameron. Ils sont gentils ? Ils sont beaux ? Ils ont une copine ? Ils te plaisent ? Je réponds rapidement à ses questions, avant de très vite changer de sujet.

– Je croyais que tu avais besoin de moi pour t'aider, pas pour te tenir compagnie ! dis-je en riant.

– Oui, c'est vrai… alors va prendre la commande du jeune couple au fond de la salle.

Pendant deux heures, je prends les commandes et sers les clients, et petit à petit, le café se vide. Ma mère s'en va pour aller chercher mon frère. Nous nous sommes mises d'accord sur le fait que deux soirs par semaine, quand Élie finit plus tôt, c'est moi qui ferme le café. Lorsque les clients sont enfin tous partis, je passe un dernier coup d'éponge sur les tables, range mon tablier derrière le comptoir, éteins la lumière et ferme la porte à clef.

Le café se trouve à une dizaine de minutes seulement de chez moi, mais cela m'inquiète un peu de rentrer seule alors que la nuit est en train de tomber, même si je sais me défendre. Je marche donc d'un pas rapide et déterminé pour arriver le plus vite possible à la maison. Mais au bout de quelques minutes de marche, une main se pose sur mon épaule. Mon rythme cardiaque s'accélère immédiatement. Je me fige sur place en essayant de ne pas imaginer le pire.

– Non mais tu es inconsciente de rentrer toute seule ! gronde l'inconnu derrière moi.

– Je peux savoir qui vous êtes, pour me dire ça ? dis-je en me retournant.

Je ne voyais pas son visage dans l'obscurité, mais en passant sous la lumière du lampadaire, je me rends compte que c'est le plus arrogant de tous les idiots, alias Nathan.

– Ici, ma belle, ce n'est pas ta gentille petite campagne, se moque-t-il. Tu risques de te faire agresser si tu restes dehors à cette heure-ci.

– Tu essayes de me faire peur ? Et tu crois que je ne sais pas me défendre ? dis-je d'un air de défi.

– Ah ! Parce que toi et ta force de mouche peuvent arrêter un mec d'un mètre quatre-vingts ?

Il ne sait rien de moi et il me sous-estime. Décidément, je n'aime vraiment pas ce garçon.

– Premièrement, je ne viens pas d'une gentille petite campagne, deuxièmement, je n'ai pas besoin de force pour me défendre.

Je continue mon chemin en espérant lui avoir cloué le bec et qu'il fasse demi-tour, mais c'est peine perdue. Il me rattrape.

– Je ne veux pas avoir ton meurtre sur la conscience, déclare-t-il en arrivant à ma hauteur.

– Tu te crois à Chicago, ou quoi ? Je n'ai pas besoin de toi, m'énervé-je.

– Je n'en ai rien à faire que tu n'aies pas besoin de moi. Je t'accompagne quand même.

– Non, tu restes là et tu me laisses tranquille !

– On t'a déjà dit que tu étais têtue ?

J'arrête de lui répondre, il finira bien par renoncer. Je suis une personne calme, mais lui, dès que je le vois, il m'agace.

– Tu habites où ? me demande-t-il.

Un vent.

– Tu vas me répondre, oui ? s'énerve-t-il.

Une rafale.

– Mais réponds-moi !

Une tornade.

– Bon, tu l'auras cherché.

Comment ça, je l'ai cherché ? Je me sens soulevée et, en moins de deux secondes, je me retrouve sur son épaule.

– Nathan, lâche-moi !

– Tiens, la nouvelle a retrouvé la parole.

– Rey, repose-moi tout de suite !

– D'accord, Stevens.

Il me lâche et je tombe sur ma cheville, qui se tord. Je pousse un gémissement de douleur avant de m'effondrer sur le sol.

– Ça va aller, Blue, lève-toi, dis-je tout bas.

– Attends, est-ce que tu parles toute seule ? T'es vraiment bizarre.

– Toi, tais-toi, je crois que tu m'as cassé la cheville ! Bordel, que ça fait mal !

On ne peut pas toujours être poli, surtout quand la douleur physique s'en mêle. J'essaye de me relever, mais la douleur est trop forte. Alors que je manque de tomber à nouveau, Nathan me rattrape de justesse.

– Tu es sûre que tu ne veux toujours pas de mon aide ?

– Non, j'ai besoin de personne, réponds-je sèchement.

Je le repousse et continue mon chemin en boitant, mais les pas derrière mon dos se rapprochent. Je me retourne, Nathan est toujours là.

– Mais arrête de me suivre !

– Je ne te suis pas, la boiteuse, je rentre juste chez moi.

Je dois passer pour une idiote à ce moment précis. Tant pis, je continue et tourne enfin dans ma rue, mais il me suit toujours. La douleur commence à disparaître peu à peu.

– Tu ne vas pas me dire que tu habites dans cette rue ?

– Eh bien si, me répond-il avec un sourire satisfait.

Tandis que nous arrivons devant chez moi, je vois Nathan ouvrir la porte d'entrée de la maison juste en face. Je comprends alors que cette fin d'année va être longue.

– Hé, la nouvelle ! m'appelle-t-il de l'autre côté de la rue. Apparemment, on est voisins. Je sens qu'on va s'amuser…

C'en est trop pour une première journée. Je souffle et rentre chez moi en criant que je suis rentrée. Dans la cuisine, je trouve ma mère en train de ranger l'assiette de Kylian, ainsi que la sienne.

– Tu en as mis, du temps ! Je m'inquiétais, j'allais bientôt t'appeler.

– J'ai glissé sur le trottoir et je me suis tordu la cheville. Je n'arrivais plus à marcher.

– Voyons, montre-moi ton pied.

Elle s'assied et quand elle pose mon pied sur son genou, ça me fait grimacer. Même si j'arrive à marcher, ma cheville reste sensible. Ma mère remarque que c'est légèrement gonflé, mais déduit que rien n'est cassé, puisque j'ai réussi rentrer. Elle me donne un cachet pour la douleur.

Soudain, Kylian dévale les escaliers en criant mon prénom. En moins de dix secondes, il se retrouve sur mes genoux en train de me raconter sa première journée. Je ne suis pas sûre d'avoir tout saisi, parce que mon petit frère a tendance à parler très vite quand il raconte quelque chose, et c'est assez compliqué de tout comprendre. Apparemment, il s'est fait plein d'amis et veut s'inscrire au club de foot. Tout au long de son récit, Kylian a le sourire aux lèvres ; ça me soulage, parce que au début, il n'était pas heureux de venir vivre ici. Ma mère a l'air serein, elle aussi, ce qui ne lui était pas arrivé depuis longtemps.

Après avoir dîné puis rangé ma vaisselle, je monte dans ma chambre pour regarder juste quelques épisodes de la série que j'ai commencée la semaine précédente ; je me couche tôt, car demain j'ai une journée assez chargée. Je fais mon sac, et après ma petite routine du soir – démaquillage, pyjama, brossage de dents –, je me mets au lit et trouve rapidement le sommeil.

Mais vers 3 heures du matin, mon repos est interrompu par du bruit, et j'allume la lumière. Des cailloux cognent contre ma vitre. Je me lève et ouvre la fenêtre. Évidemment, j'en reçois un en pleine tête, ce qui me met légèrement de mauvaise humeur.

– Alors, ta cheville va mieux ?

Non mais je rêve ! Cet idiot de Nathan a décidé de m'énerver même en pleine nuit.

– Tu pourrais répondre, quand on te pose une question !

– Et toi, tu pourrais au moins t'excuser…

– Nathan Rey ne s'excuse jamais, se justifie-t-il.

– Et Blue Stevens veut des excuses, dis-je sur un ton impérieux.

Je ne sais pas d'où me viennent le courage et la force de lui tenir tête à 3 heures du matin. Il marmonne quelques paroles incompréhensibles.

– J'ai pas compris ce que tu as dit.

– Je m'excuse, dit-il plus clairement.

– Ah, enfin ! Oui, ma cheville va mieux, elle n'est pas cassée. Bonne nuit, Rey.

Je l'entends râler et m'empresse de refermer la fenêtre avant qu'il n'ait le temps de dire quoi que ce soit. Je n'ai pas l'énergie de me disputer avec lui à cette heure.

2

Le lendemain, je n'ai cours qu'à 10 heures, mais décide d'aller au lycée un peu en avance. Ma mère et Kylian sont déjà partis, donc je prends soin de fermer la porte à clef. Tout à coup, une main se pose sur ma bouche. J'ai le réflexe de saisir le bras de mon agresseur et de le retourner, tout en le plaquant contre le mur. Je me rends compte que ce n'est autre que Nathan. Je relâche alors ma pression et recule d'un pas.

– Je peux savoir comment tu as fait ça ? demande-t-il en grimaçant et en se frottant l'épaule.

– Je t'avais dit que je savais me défendre, je réponds avec fierté.

Je tourne les talons et prends le chemin du lycée. Nathan me suit sans rien dire ; j'ai horreur de savoir qu'il est derrière mon dos. C'est assez étrange qu'il n'ait pas répliqué.

J'accélère le pas et arrive au lycée en moins d'une dizaine de minutes, où je fais la bise à Minho et aux autres. Minho et Léa parlent tous les deux, et je soupçonne Minho de craquer pour elle. Non, en fait, j'en suis même sûre. Il a les yeux qui brillent et un sourire niais jusqu'aux oreilles.

– Je t'ai manqué ? me demande Cameron.

Je suis dans un premier temps surprise par sa question, mais je me prête au jeu.

– Oh ! oui, tu m'as tellement manqué ! je réponds ironiquement.

– On devrait s'échanger nos numéros, comme ça, je te manquerais moins.

Je comprends alors que Cameron s'est mis en tête de me draguer. Son sourire charmeur me le confirme et montre que ses intentions ne sont pas seulement amicales. Je me braque d'emblée. Les histoires d'amour ne sont pas pour moi. Ou, plutôt, ne le sont plus depuis ce qui s'est passé avec Lui.

– Désolée, je ne donne pas mon numéro à des inconnus, je réponds.

– Pourtant tu l'as bien donné à Minho, hier.

C'est vrai, mais Minho ne me regarde pas comme s'il était sur le point de me sauter dessus.

– Oui, mais il est dans ma classe.

– Je suis dans ta classe aussi, rétorque-t-il.

– Si tu étais dans ma classe, je l'aurais remarqué depuis hier.

– J'étais collé, c'est pour ça que tu ne m'as vu qu'au self, m'explique-t-il.

– Et pourquoi tu étais collé ?

– Je me suis battu…

Il a piqué ma curiosité. Je ne croyais pas Cameron capable de se battre. Même s'il a l'air plutôt musclé, il a été tellement gentil hier que je le croyais incapable de faire du mal à une mouche.

– Avec qui, et pourquoi ?

– Hugo. Des histoires de mec. Bon, on y va ? Ça va sonner, dit-il avant de se diriger vers le portail.

Hugo ? Comme Hugo, l'un des meilleurs amis de Nathan ? Je ne lui demande pas de précisions, parce que je vois très bien qu'il ne veut pas en parler. Nous disons au revoir à Léa et nous rentrons en cours. Je m'assieds entre Minho et Cameron, qui se penche vers moi.

– Maintenant que tu sais que nous sommes dans la même classe, tu peux me donner ton numéro, non ? m'interroge-t-il.

– Toujours pas.

Il se recule, n'a pas l'air vexé, mais plutôt amusé. Soudain, Nathan entre en trombe dans la classe et se dirige vers Cameron.

– C'est ma place, lui dit-il sèchement.

Les deux garçons se livrent à un combat de regards. Cameron se lève et s'assied à l'autre bout de la classe. Je le regarde avec surprise. Pourquoi obéit-il à Nathan ? Je ne comprends pas pourquoi il cède si facilement. Il a peur de lui, ou quoi ? Nathan s'assied à mon côté, un rictus de vainqueur accroché au visage.

– Monsieur Rey, vous nous honorez enfin de votre présence, plaisante notre professeur. Ça faisait longtemps qu'on ne vous avait pas vu.

Nathan ne répond pas et se contente de ricaner en chuchotant une insulte à l'égard de notre enseignant. Son attitude est vraiment pathétique, et enfantine, en plus. Il reporte son attention sur moi et remarque que je le foudroie du regard.

– Ne me regarde pas comme ça, m'ordonne-t-il.

Et il me donne des ordres, maintenant. *Garde ton calme, Blue.*

– Je te regarde comme je veux, je réplique.

– Non, la nouvelle. C'est moi qui décide ici.

– Ah bon ? Arrête de me parler comme ça, et laisse-moi tranquille, si tu ne veux pas que je raconte à tout le monde que j'ai failli te casser le bras ce matin. Tu serais beaucoup moins impressionnant.

Je me retourne vers le tableau et me concentre sur le cours.

Pendant ces deux heures, Nathan n'a pas cessé de m'appeler, mais je fais la sourde oreille. À la sonnerie, je me dépêche de ranger mes affaires et de sortir, accompagnée de Minho et Cameron. Nous avons décidé de manger une pizza tous les trois à l'extérieur du lycée. Les garçons en profitent pour me faire visiter un peu le quartier.

J'essaye de me rappeler du mieux que je peux le nom des rues, et l'emplacement des fast-foods ou des épiceries.

Au restaurant, après que le serveur a pris nos commandes, mes deux nouveaux amis se tournent vers moi et me lancent des regards pleins de sous-entendus. Je ne comprends pas ce qui leur prend.

– Pourquoi Rey a voulu s'asseoir à côté de toi ? m'interroge Minho.

– Il ne voulait pas s'asseoir à côté de moi, c'était juste sa place habituelle, non ?

– Tu vois, Rey est plutôt du style à être au fond de la classe, à côté du radiateur en hiver et de la fenêtre en été, répond Cameron.

– En plus, vous vous êtes parlé avant le cours, il n'a fait que t'appeler pendant une heure, et vous êtes même arrivés en même temps ce matin, énumère Minho.

J'ai l'impression de passer un interrogatoire. Ils continuent de me fixer, espérant que je craque et leur révèle quelque chose de croustillant sur Nathan et moi.

– Premièrement, je l'ai ignoré chaque fois qu'il m'a appelée. Avant que le cours commence, il a voulu faire son malin, mais je lui ai cloué le bec. Et nous sommes arrivés en même temps ce matin parce qu'il est mon voisin, je réponds. Mais je peux savoir pourquoi ça vous intéresse à ce point ?

– C'est ton voisin ? répète Minho.

Je hoche la tête et ils échangent un regard à la fois surpris et inquiet.

– Tu te rappelles que Nathan est dangereux ? intervient Minho.

– Minho, le coupe Cameron d'un ton sévère.

Cameron lui lance un regard noir, et Minho hausse les épaules d'un air innocent. J'ai l'impression que Cameron est sur le point d'étrangler Minho. Étrange et déconcertant…

Mais lorsque les pizzas arrivent, les garçons changent de sujet, et la bonne humeur refait surface. J'apprends que Cameron et Minho font partie d'une équipe de basket – ce qui m'a surprise, vu que Minho n'est pas très grand. Il m'a assuré que sa taille ne l'handicapait pas quand il jouait, et il m'a proposé de venir assister à un de leurs entraînements pour me le prouver.

Durant le restant de la journée, Nathan n'a plus essayé de m'adresser la parole ni de s'asseoir encore à côté de moi. Tant mieux, je ne vais pas m'en plaindre. À la fin des cours, je ne m'attarde pas et rentre directement chez moi.

Arrivée près de la maison, j'entends quelqu'un crier mon nom. Je me retourne en soupirant, pensant encore tomber sur Nathan. Mais je m'aperçois que je me trompe, ce n'est pas lui. Une petite pointe d'appréhension paraît.

– Est-ce que tu connais Nathan Rey ? me demande l'inconnu.

Je réponds rapidement :

– Non.

Je me retourne, puis continue mon chemin, accélérant le pas.

– Ce n'est pas bien de mentir, Stevens ! hurle l'inconnu derrière moi.

Je fais demi-tour pour lui faire face. Il est brun comme Nathan, mais à l'inverse de Rey, il a des yeux bleu nuit qui contrastent avec sa peau très pâle.

– Qui êtes-vous ? Et comment connaissez-vous mon nom ?

– Il se pourrait que je connaisse Nathan, et qu'il m'ait parlé de toi, dit-il sur un ton mystérieux. Et comme tu es la seule fille du lycée à avoir les cheveux bleus, ce n'est pas très compliqué de te reconnaître.

– Pourquoi vous parlerait-il de moi ? je l'interroge d'une voix tremblante.

– Tu ne sais pas qui je suis ? demande-t-il d'un air offusqué.

– Non, pourquoi, je devrais ?

– Je suis Hugo, le meilleur ami de Nathan, alias le plus beau mec du lycée.

Son prénom me met immédiatement la puce à l'oreille. C'est avec lui que Cameron s'est battu. Mais pourquoi est-ce qu'il est resté si évasif sur leur altercation ? Il avait l'air vraiment contrarié quand je lui ai demandé ce qui s'était passé.

– Eh bien Hugo, alias monsieur le plus modeste du lycée, puis-je rentrer chez moi, maintenant ?

– Oui, mais je te raccompagne.

– Je ne crois pas, non.

– Nathan avait raison, tu es vraiment têtue. De toute façon, je suis obligé de te suivre, je vais chez lui.

Génial, tous les garçons que je veux et dois éviter me suivent à la trace. On dirait que je vais avoir du mal à ne pas attirer l'attention…

Je soupire et me remets en marche. Décidément, Nathan et Hugo sont faits pour être amis. Ils ont tous les deux cet air supérieur et méprisant. Ils veulent tous les deux avoir le dernier mot, et ne sont fréquentables ni l'un ni l'autre.

– Tu sais, il n'est pas méchant, Nathan.

Je rêve, est-ce qu'il essaye vraiment d'avoir une discussion avec moi ? Je décide de couper court à notre échange.

– Si tu le dis…

Pendant quelques minutes, le silence envahit la rue. À la faveur de ce calme soudain, je profite de quelques minutes de tranquillité, car je sais très bien que dès mon retour à la maison, Kylian me sautera dessus pour débiter plus de cinquante mots à la minute. Mais ce calme est une nouvelle fois interrompu par Hugo.

– C'est bizarre, je te pensais moins jolie. Nathan m'a bien dit que tu n'étais pas laide, mais avec tes cheveux bleus, je t'imaginais gothique, ou un truc de ce genre, déclare-t-il.

Je ne sais pas si c'est un compliment, mais je vais le prendre comme tel. Je marche à quelques mètres devant lui pour essayer de lui faire comprendre que je n'ai aucune envie de discuter. Au moment où j'arrive enfin chez moi, je me retourne pour m'assurer que Hugo entre bien chez Nathan.

Après le dîner, mon téléphone me signale un message. C'est étrange, car pour l'instant personne n'a mon numéro, à part ma mère et Minho, qui doit sûrement être encore à son entraînement. Évidemment, c'est un numéro masqué.

J'ai enfin ton numéro.

Le premier qui me vienne à l'esprit est Cameron. Après tout, c'est le seul à vouloir mon numéro. J'envoie donc un message pour en être sûre.

Cameron ?

Je me mets à rêvasser. Cameron est vraiment adorable avec moi. Il est gentil, il a beaucoup d'humour et, honnêtement, c'est un beau gosse. En plus de ça, il est plutôt intelligent, et musclé. J'ai l'impression d'en parler comme de l'idéal masculin, même si, probablement, il a aussi des défauts. Comme, par exemple… Mon téléphone se met à vibrer. Je m'attendais à recevoir une réponse positive, c'en est une totalement différente.

> Loupé, princesse. Tu es intelligente, je suis sûr que tu sais qui je suis. Je te laisse la nuit pour réfléchir. Comme on dit, la nuit porte conseil.

Je comprends immédiatement que ce n'est autre que Nathan, car il est le seul à me surnommer ainsi. Mais comment a-t-il eu mon numéro ? Je soupire et ne lui réponds pas. J'espère qu'il ne va pas me harceler, car je ne pense pas pouvoir le supporter en dehors des cours. J'éteins mon téléphone et vais me coucher.

Le lendemain matin, en sortant de chez moi, j'aperçois Nathan appuyé contre une voiture de l'autre côté de la route. Dès qu'il me voit, il traverse, alors je me dépêche de partir en direction du lycée. Je n'ai pas envie de voir sa tête de si bon matin.

Je l'entends trottiner pour me dépasser, il me barre la route, les bras croisés. Dans un premier temps, j'essaye de le contourner mais, évidemment, il se décale pour m'empêcher de passer.

– Pourquoi tu m'évites, Stevens ?

– Tout simplement parce que je ne t'apprécie pas

plus que ça. Et je sais que c'est toi qui m'as envoyé ce message hier, ajouté-je.

– Je savais bien que tu étais intelligente, princesse. Et est-ce que je peux savoir pourquoi tu ne m'aimes pas ? me demande-t-il.

– Tu es arrogant, coureur de jupons et dangereux. Ça te suffit, ou je continue ?

– Pour les deux premiers reproches, je suis d'accord. Mais je peux savoir pourquoi tu dis que je suis dangereux ?

– On m'a avertie, c'est tout.

Alors qu'il s'apprête à rouvrir la bouche, je le coupe dans son élan.

– Laisse-moi passer, Rey, je vais être en retard.

– Tu te fies vraiment à ce que te disent les gens ? Je te croyais plus maligne que les personnes qui écoutent les commérages, conclut-il.

Il s'en va, visiblement vexé, et en fait je me sens coupable. D'habitude, je n'écoute pas les on-dit, mais je suis devenue assez méfiante avec le temps, et surtout je ne vois pas pourquoi Minho me mentirait à ce propos. Je laisse ma culpabilité de côté et me remets en route pour le lycée.

Comme je suis nouvelle, malheureusement je débarque sans être au courant de rien. Aujourd'hui, par exemple, j'ai découvert qu'on avait un bac blanc de maths la semaine prochaine, celle avant nos dernières vacances… Je n'ai pas du tout commencé à réviser, donc, cette semaine, il faut vraiment que je me mette à étudier. Heureusement, Minho a proposé de m'aider pour ces révisions.

La semaine qui suit passe à la vitesse grand V. Je consacre chaque minute de mon temps à réviser, je relis mes fiches, encore et encore. Tous les soirs, Minho vient me faire réviser et m'aide à fermer le café quand j'y travaille. C'est comme s'il était mon frère. Ma mère accepte même qu'il dîne avec nous un soir, ce qui réjouit Kylian, qui a l'air content qu'il y ait un homme à la maison.

C'est vrai que notre père lui manque beaucoup. Nous n'avons aucune nouvelle de lui depuis presque un mois, et j'ai remarqué que cela inquiète un peu ma mère, même si elle essaye de le cacher. Je compte appeler l'armée ce soir, pour essayer de recueillir une quelconque information qui puisse rassurer ma famille.

Pendant cette semaine de travail intensif, Nathan m'a évitée. Il ne m'a pas adressé un seul mot ni écrit de texto, mais je le voyais quand même m'observer de loin quand j'étais avec Minho. Je devrais être contente d'avoir pu me débarrasser de lui, mais pour je ne sais quelle raison, je m'en veux. J'ai toujours ce sentiment de culpabilité, même si je n'ai pas vraiment eu le temps de penser à lui.

Je sors à l'instant de mon épreuve de mathématiques, je pense m'en être assez bien tirée. Je rejoins Minho, Léa et Cameron qui doivent discuter de l'examen devant le lycée. Cameron s'empresse de venir vers moi, tout en me suppliant.

– Blue, s'il te plaît, aide-moi à décoincer Minho.

Il voit que je ne comprends pas de quoi il parle.

– Il y a une soirée mercredi prochain, chez un gosse de riche qui a invité toutes les terminales. On devrait y aller tous les quatre pour s'amuser et décompresser de cette semaine, suggère-t-il.

Minho n'a pas l'air très emballé par cette idée, et Léa essaye de le convaincre tant bien que mal. Pendant qu'elle lui parle, Minho se gratte la nuque, gêné. Elle lui plaît, c'est évident. Au bout de quelques minutes seulement, Minho abdique. Léa, satisfaite d'avoir réussi à le faire changer d'avis, lui saute dans les bras. Minho vire au rouge écarlate. Cameron et moi les regardons d'un air amusé au moment où elle dépose un bisou sur sa joue avant de partir. Nous lui adressons un signe de la main, puis je me retourne vers Minho et lui pose la question qui me brûle les lèvres depuis dix minutes.

– Tu l'aimes bien, pas vrai ?

– Quoi ? Pas du tout, je ne vois pas de quoi tu parles, bafouille-t-il.

– Oh, je parle tout simplement du sourire idiot

que tu as lorsque tu reçois un message de Léa, ou de tes joues rouges quand elle te parle.

À ces mots, Minho plaque ses mains sur ses joues, l'air horrifié.

– Vous pensez qu'elle l'a remarqué, elle aussi ? nous interroge Minho.

– Sûrement, répond Cameron.

– Mince, râle Minho en se frottant les mains sur le visage.

– Tu ne devrais pas t'en faire, le rassuré-je. Je crois qu'elle t'aime bien, elle aussi.

Un sourire béat apparaît sur son visage. J'ai l'impression de lui avoir annoncé qu'il venait de gagner à la loterie.

Nous continuons à discuter, soulagés d'avoir fini le bac blanc et d'être en vacances. Sur le chemin de la maison, je tombe nez à nez avec Nathan qui fume une cigarette. Je n'avais pas remarqué qu'il fumait. Mais je suis plus intriguée par l'entaille qu'il a au sourcil gauche. Sa blessure a l'air récente, elle saigne encore.

– Ton petit copain n'est pas là, aujourd'hui ? me demande-t-il sèchement.

– Et toi, tu n'étais pas là non plus, visiblement. Tu te rappelles qu'on avait un bac blanc ? Ça n'a pas l'air de t'inquiéter. Concernant Minho, ce n'est pas mon petit copain, et il ne venait chez moi que pour me faire réviser. Et de toute façon, je n'ai pas à me justifier auprès de toi.

– Réviser ? Sérieux ? pouffe-t-il.

Toujours obligé de me lancer des piques, à ce que je vois. Je ne prends pas la peine de répondre et continue mon chemin, Nathan à mon côté.

– C'est lui qui t'a dit que j'étais dangereux, pas vrai ?

– Oui, et tu me l'as confirmé.

Il s'arrête, et pour je ne sais quelle raison, je fais de même. Je remarque alors que sa blessure à l'arcade sourcilière n'est pas la seule. Les jointures de ses poings sont ensanglantées et il a un gros bleu sous l'œil.

– Et comment te l'ai-je confirmé ?

– Pas besoin d'être Einstein pour comprendre d'où viennent tes blessures. Tiens, prends ça, dis-je en lui tendant un mouchoir. Tu saignes encore.

– Blue, ce n'est pas parce que je me suis battu que je suis dangereux.

– Je ne pense pas que l'autre garçon soit du même avis, riposté-je.

– Quel autre garçon ?

– Celui contre qui tu t'es battu. Je ne sais pas pourquoi, mais j'ai le sentiment qu'il doit être plus amoché que toi, ajouté-je.

– Il le méritait, répond-il.

– Ah bon ! c'est toi qui décides qui le mérite ou ne le mérite pas ? l'interrogé-je.

– Non, mais il m'a cherché. Et pour info, ton ami

Cameron s'est déjà battu. Tu le trouves dangereux, lui aussi ?

C'est vrai, Cameron s'est battu, mais il n'a pas une sale réputation comme lui. Je ne sais pas comment l'expliquer, mais Cameron m'inspire plus confiance que Nathan.

– Non, il n'est pas dangereux, affirmé-je. Et lui, au moins, il est gentil avec moi.

– Je peux être gentil, moi aussi.

– Vraiment ? Prouve-le.

Je ne m'en suis pas rendu compte, mais nous sommes déjà arrivés dans notre rue. Avant que je ferme la porte de chez moi, Nathan hurle depuis l'autre côté de la rue :

– Je te le prouverai, Stevens !

Je lui réponds silencieusement en levant les yeux au ciel.

Je n'ai même pas fait un pas dans la maison que Kylian se jette sur moi en criant que c'est enfin les vacances. Moi aussi, je suis libérée. On passe le dîner – composé d'une énorme pizza réconfortante – à rigoler avec mon frère et ma mère.

Quand je monte dans ma chambre pour décompresser de cette semaine stressante, je vois ma fenêtre ouverte et une enveloppe posée sur mon lit. Intriguée, je me dépêche de l'ouvrir et de déplier la feuille sur laquelle est écrite une seule ligne :

Je tiendrai ma promesse, princesse.

Je comprends immédiatement qu'il s'agit de la promesse que m'a faite Nathan. Après les textos, voilà qu'il se met à m'écrire des lettres. C'est plutôt flippant… Savoir qu'il est entré dans ma chambre sans même que je m'en rende compte ne me rassure pas. Je pose l'enveloppe sur mon bureau et allume mon ordinateur pour regarder, allongée sur mon lit, les derniers épisodes de *Containment*, une de mes séries préférées, et oublier ce mec.

Le lendemain matin, mon petit frère me réveille avec la plus grande délicatesse en sautant sur mon lit, hurlant qu'il veut aller au foot. Je ne me suis même pas rendu compte que je m'étais endormie comme une masse sur mon ordinateur. Il est 9 h 30, et on est en retard. Super.

Je saute hors du lit et fonce à la salle de bains.

– Tu as déjeuné ? Tu es habillé ? Tu as ton sac ?

– Oui, oui et oui ! répond-il, surexcité.

Je m'attache rapidement les cheveux en queue-de-cheval, m'habille et me lave les dents en cinq secondes – un record. Une fois dehors, je me dépêche de fermer la porte, on ne doit pas traîner. Au moment où je prends Kylian par la main, j'entends quelqu'un m'appeler de l'autre côté de la rue. Je tourne alors la tête et aperçois Nathan.

– Bonne journée ! hurle-t-il.

Il veut vraiment me prouver qu'il peut être gentil. Je me prépare à lui répondre, mais mon frère me tire par le bras et se met à courir. Il est exactement 9 h 52, et il nous reste huit minutes avant que Kylian n'entre sur le terrain, je me mets donc à courir aussi. Quitte à bousculer les passants qui nous jettent des regards noirs, on ne peut pas louper le début de l'entraînement, car je sais à quel point c'est important pour Kylian. Le football est une passion qu'il partage avec notre père depuis qu'il est tout petit. Avant, quand papa était en permission, ils passaient des après-midi entiers à courir après le ballon.

Nous arrivons enfin au stade, et Kylian me lâche la main pour rejoindre ses coéquipiers dans les vestiaires. Je m'installe dans les gradins alors que les enfants font leur apparition sur le terrain. Après une demi-heure d'entraînement, je commence à sombrer dans une douce torpeur malgré les cris, quand soudain mon téléphone se met à vibrer dans ma poche. C'est un appel de Minho.

– Blue, Blue, je t'en supplie, va faire les magasins avec Léa et essaye de savoir si elle m'aime bien, me supplie-t-il. Évidemment, ne lui dis pas que c'est moi qui te le demande.

– Salut Minho, je vais très bien, merci, et toi ? je réplique avec ironie.

– Très bien, depuis que j'ai passé ton numéro à Léa !

J'imagine son immense sourire. J'ai envie de lui faire plaisir, alors j'accepte d'aller faire les magasins avec Léa pour enquêter sur ses sentiments. Minho en profite pour me raconter que Cameron m'aime bien, et qu'il le voit bien tenter quelque chose avec moi lors de la soirée de mercredi prochain. Très sincèrement, je ne pense pas que Cameron ait ce genre d'idée derrière la tête à mon égard. Même si on se taquine, on sait très bien qu'on n'a pas de sentiments l'un pour l'autre.

Alors que je me concentre à nouveau sur le terrain, mon téléphone vibre une deuxième fois. Il s'agit d'un texto de Léa qui m'invite au fameux après-midi de shopping. Et l'autre est de Nathan.

Tu fais du footing dès le matin ?

Je souris malgré moi, et décide de lui répondre.

J'étais en retard.

Pourquoi ?

Je devais être à 10 heures au stade pour l'entraînement de Kylian.

T'y es encore ?

Jusqu'à midi.

Et puis, plus rien. Je me concentre alors sur le terrain, où ils s'entraînent à tirer des corners. C'est au tour de mon frère. Il recule de quelques pas et tourne la tête vers moi. Je lui fais un signe de la main pour l'encourager. Son pied cogne le ballon qui s'élève dans les airs et trouve la tête de l'un de ses coéquipiers. Le ballon atterrit au fond du filet. Je me lève pour applaudir. Même si ce n'est qu'un entraînement, je suis fière de lui.

Soudain, d'autres acclamations se mêlent à mes applaudissements. Je tourne la tête et vois Nathan en bas des gradins. Il monte les escaliers et vient s'asseoir à mon côté.

– Qu'est-ce que tu fais là ? je l'interroge.

– Tu avais l'air de t'ennuyer, alors j'ai décidé de te tenir compagnie, répond-il comme si ça coulait de source.

– Je ne m'ennuyais pas, le contredis-je.

– Si, et comme tu as répondu à mes textos, j'ai pris ça pour une invitation. Ça n'en était pas une ?

C'est vrai, j'ai un peu baissé la garde et n'ai même pas été froide avec lui. C'est une première. Il faut absolument que je fasse plus attention la prochaine fois qu'il m'écrira. Il ne faut pas que je le laisse entrer dans ma vie, je dois à tout prix le garder à distance.

Et si, par inattention, je dévoilais des informations sur ma vie passée ? Je n'ose même pas penser à ce qui pourrait arriver. Je pourrais nous mettre en danger ! J'ai l'habitude de faire attention à tout ce que je dis quand je suis avec Minho, Cameron ou Léa, et il faut que j'en fasse autant avec Nathan. C'est vraiment la dernière personne avec qui je peux me permettre d'être distraite.

– Alors, qui est ton petit frère ? me demande-t-il.

– Le numéro 8, celui qui vient de tirer le corner.

Il se contente de hocher la tête et d'assister à l'entraînement en silence, ce qui m'étonne, venant de lui. Alors que les enfants font une pause, Kylian monte les gradins vers nous, et je me dépêche de descendre quelques marches pour ne pas qu'il parle à Nathan. Il me demande s'il a bien joué, mais une voix derrière mon dos répond à ma place :

– Tu as bien joué, mais quand tu récupères le ballon à la moitié du terrain, tu n'es pas assez rapide. Les deux premiers mètres sont les plus importants, parce que si tu prends une longueur d'avance sur le joueur qui te marque, tu as plus de chance d'arriver devant les buts, explique Nathan.

Kylian penche la tête pour voir qui se trouve derrière moi.

– Comme une sorte d'accélération ? l'interroge Kylian.

– Exactement, acquiesce Nathan.

Kylian redescend les escaliers en courant, tout content de ces conseils.

– Dis, ça ne te suffit pas de t'incruster ? Il faut aussi que tu joues le coach ? On dirait presque que tu t'y connais en foot, dis-je dans l'espoir de l'énerver.

– Il y a plein de choses que tu ne sais pas sur moi, princesse.

Ne t'inquiète pas, Rey, il y a aussi beaucoup de choses que tu ne sais pas sur moi…

À la reprise de l'entraînement, Kylian met en pratique ce que lui a dit Nathan, et il marque. Hystérique, je me lève et me mets applaudir comme une folle. À côté de moi, je vois Nathan rigoler.

– Pourquoi tu rigoles ? je demande sèchement.

– On dirait que c'est toi qui joues à sa place, se moque-t-il.

– Ha ! ha ! c'est hilarant, je réplique sarcastiquement.

L'entraînement touche à sa fin. Kylian dit au revoir à ses nouveaux amis et, alors que je tends les bras vers lui, se précipite vers Nathan.

– T'as vu ? J'ai fait ce que tu as dit, et j'ai réussi ! s'exclame mon petit frère avec un grand sourire.

Il est absolument ravi, ça fait plaisir à voir.

– J'ai vu, bonhomme, bravo, tu as géré, le félicite

Nathan avant de se tourner vers moi : Allez, j'y vais, à plus.

Nathan s'éloigne et nous prenons le chemin de la maison. Dès que nous nous sommes suffisamment éloignés du stade, Kylian se tourne vers moi.

– Comment il s'appelle, le garçon qui était avec toi ? m'interroge-t-il.

– Nathan, pourquoi ?

– Est-ce qu'il peut venir m'aider à m'entraîner ? me demande-t-il.

Et voilà ce que je craignais. Il est hors de question que Nathan entre dans la vie de Kylian, surtout avec tout ce que j'entends sur lui dans les couloirs du lycée.

– Non, mon cœur. Nathan n'est pas gentil.

Kylian n'ajoute rien, je vois bien qu'il boude. Il continue de me faire la tête pendant le déjeuner, jusqu'à ce que je le dépose au café de notre mère. Mes tentatives pour le faire sourire échouent, et il refuse même de me dire au revoir, alors j'abandonne ; je préviens ma mère que je serai dans le centre-ville cet après-midi, et je pars rejoindre Léa.

Arrivée devant chez Mango, elle sautille d'impatience. Moi, j'essaye de ne pas trop traîner les pieds. C'est vraiment pour Minho que je fais ça, parce que le shopping et moi, ça fait dix !

– J'ai déjà remarqué un haut, m'annonce-t-elle tout en me tirant à l'intérieur du magasin.

Elle me montre un tee-shirt bordeaux à manches trois-quarts, et me demande mon avis.

– J'adore, je réponds tout simplement.

Nous faisons le tour complet du magasin avant de nous diriger vers les cabines d'essayage. Je n'ai pris qu'un seul pull, pour le principe, tandis que Léa a pris en plus trois tee-shirts et une robe. J'ai essayé mon pull en deux minutes, alors j'attends à l'extérieur de la cabine pendant que Léa me fait un défilé de mode. Elle s'amuse à prendre la pause et à marcher comme un mannequin, ce qui me fait rigoler. Pour immortaliser la scène, je sors mon téléphone et la filme. J'ai enfin trouvé un plan pour aborder le sujet Minho.

– Regarde la caméra, je vais l'envoyer à Minho.

Elle s'arrête subitement et m'implore de ne pas le faire. Je ne m'attendais pas qu'elle réagisse comme ça, et je lui demande pourquoi. Ses joues deviennent cramoisies tandis qu'elle baisse la tête.

– Il te plaît, n'est-ce pas ? je l'interroge.

– Oui, mais je ne pense pas que ce soit réciproque, avoue-t-elle timidement.

Si elle savait qu'il est complètement fou d'elle ! Mais Minho m'a bien précisé de ne pas dévoiler ses sentiments, alors je me retiens de le lui dire.

– Pourquoi tu dis ça ?

– C'est flagrant qu'il a des sentiments pour toi, dit-elle d'un ton plein d'amertume.

Sans réussir à me contrôler, j'explose de rire.

– Mais Léa, Minho, c'est comme mon frère ! Et si tu veux mon avis, il t'apprécie plus que tu ne le penses.

– Tu crois ? me demande-t-elle timidement.

Je me contente de hocher la tête. Un sourire niais apparaît sur son visage, celui qu'elle arbore quand elle est avec Minho. Un peu gênée, elle ne dit plus rien et rentre en cabine pour se rhabiller. Après Mango, je profite d'être au centre-ville pour refaire ma couleur. J'adore mes cheveux bleus, et je les aime d'autant plus quand la couleur est parfaite. Ce n'est pas discret, je sais, mais tant qu'à faire, autant que ce soit flashy !

Pendant la pose de la couleur, je reçois des textos de Minho en rafale, qui veut savoir si j'ai pu parler à Léa. Son dernier message me fait sourire :

Je t'en supplie, ne colore pas les cheveux de ma Léa.

– Qui c'est ? me demande Léa.

– Ton chéri, dis-je en rigolant.

Je lui montre le message, et la joie s'empare de son visage.

– Il a dit « ma Léa », relève-t-elle avec un grand sourire.

Elle répète cette phrase plusieurs fois, comme si elle en avait besoin pour y croire vraiment. C'est ça, l'amour… Le moindre petit détail, un geste attentionné que fait l'autre, un message mignon peuvent réussir à égayer une journée. Mais comme le dit le dicton, l'amour rend aveugle. Il peut faire pardonner l'impardonnable. Je ne pense pas que Minho et Léa pourraient se faire du mal l'un à l'autre, mais je ne les connais pas encore très bien, et ce ne sont que des apparences. S'il y a bien une chose que j'ai apprise dans le passé, c'est que les apparences sont trop souvent trompeuses.

Alors que nous sortons du salon de coiffure, mon téléphone sonne à nouveau. Il n'a jamais autant sonné depuis que je suis arrivée à Toulouse ! Ça me fait du bien de retrouver une vie normale, d'adolescente normale, avec des amis et des occupations de n'importe quelle fille de mon âge.

Cette fois-ci, c'est ma mère qui m'appelle, elle veut que je vienne l'aider au café, immédiatement, car elle est débordée. Elle ne me laisse même pas le temps de répondre et raccroche. J'explique la situation à Léa en m'excusant, car je m'en veux de la planter comme ça, mais elle me rassure en me disant que ce n'est pas grave.

– De toute façon, je pense que je vais retourner chez le coiffeur, tu m'as donné l'envie de faire une petite coupe, dit-elle en riant.

Nous nous faisons la bise et nous partons chacune de notre côté. Je trottine jusqu'au café et, une fois arrivée devant, je remarque qu'il est fermé. Bizarre.

Je fronce les sourcils et sors le téléphone de mon sac pour appeler ma mère, au moment même où deux mains se posent sur mes yeux.

Je pense d'abord que c'est Nathan, sauf que ses mains sont moins grandes que celles qui me cachent la vue. Je me retourne rapidement et là, devant moi, se tient mon père. Tout d'abord, je crois que ce n'est pas réel, et je le fixe pendant de longues secondes. Je réalise que c'est vraiment lui, il est vraiment là, et non dans je ne sais quel pays en guerre. Je lui saute dans les bras et le serre de toutes mes forces contre moi.

– Surprise ! murmure-t-il à mon oreille.

Des larmes de joie coulent sur mes joues sans que je puisse les retenir. Aucun mot n'arrive à sortir de ma bouche, c'est la plus belle surprise qu'on pouvait me faire. Il m'a tellement manqué ! Nous restons pendant plusieurs minutes dans les bras l'un de l'autre, silencieux et émus. Il se recule et dépose un baiser sur mon front.

– Tu m'as manqué, dis-je en sanglotant.

– Toi aussi, ma chérie, crois-moi. Allez, viens, on rentre à la maison, on a plein de choses à se raconter, m'annonce-t-il.

Sa voiture est garée de l'autre côté du trottoir. Je ne l'ai même pas remarquée en arrivant. J'étais tellement affolée par l'appel de ma mère que je n'ai pas fait attention à ce qui était autour de moi. Je n'arrive pas à croire qu'il soit là, enfin ! Dans la voiture, il me pose mille questions sur le lycée, mes amis, les cours… Je lui en pose aussi, mais lui, bien sûr, peut raconter beaucoup moins de choses que moi. La plupart de ses missions sont classées secret-défense.

– Tu as vu Kylian et maman ? je l'interroge.

– Ta mère, oui, je l'ai vue ce matin ; mais pas Kylian, répond-il. J'avais quelque chose à régler cet après-midi.

Une réponse typique de mon père. Il a toujours quelque chose à régler. Je ne lui pose plus de questions, parce que dans ces cas-là, je sais qu'il ne dit rien de plus.

Arrivés à la maison, on rentre le plus discrètement possible dans la cuisine où ma mère et Kylian sont en train de préparer le repas, dos tournés. Je suis impatiente de voir la réaction de mon frère quand il verra papa.

– Je suis rentrée ! j'annonce.

– Et moi aussi, ajoute mon père.

Mon frère se retourne, les yeux grands ouverts et la bouche formant un grand O. Il fonce dans les bras de mon père, qui le soulève et le fait tournoyer dans les airs. Ma mère et moi assistons à cette scène le sourire aux lèvres. Cela faisait plus de trois mois que mon père était parti, et je crois qu'il a beaucoup plus manqué à Kylian qu'à moi. Je me suis habituée à ses absences, car il part en mission régulièrement depuis que je suis née. Kylian est encore trop jeune et il a besoin de son père, d'une figure masculine à la maison.

Il va jouer au foot dehors avec mon père, tandis que je finis de préparer le repas avec ma mère. Des lasagnes maison, un délice.

– Papa t'a fait la surprise, ou tu savais qu'il rentrait aujourd'hui ? Je demande à ma mère.

– Il m'a fait la surprise ! Il est venu au café avec un immense bouquet de roses. Tous les clients nous regardaient, certains ont même filmé. Je pleurais comme une enfant, raconte-t-elle.

J'imagine bien la scène. Mes parents sont ensemble depuis qu'ils ont dix-sept ans et pourtant, après toutes ces années passées ensemble, après les épreuves traversées et surtout après ce qui s'est passé l'année dernière, j'adore voir qu'ils s'aiment comme au premier jour.

Le repas se passe évidemment dans la bonne humeur et la joie des retrouvailles. Nous restons assis autour de la table jusqu'à 22 heures, racontant en détail à mon père ce qu'il s'est passé depuis qu'il est parti. Mais alors que tout allait bien, Kylian vient briser cette tranquillité en lui posant la question que nous redoutons tous :

– Tu restes jusqu'à quand ?

Mon père ne répond pas tout de suite, et je comprends alors qu'il ne restera que quelques jours. Cette réponse blessera Kylian et il ne veut pas que son fils lui en veuille, surtout qu'il vient à peine de rentrer.

– Demain après-midi, répond mon père avec une voix qu'on entend à peine.

Personne n'ose parler, et ma mère n'a pas l'air au courant non plus. Kylian se lève et monte en courant dans sa chambre.

– Je m'en occupe, dis-je en me levant, donnant ainsi l'occasion à mes parents de discuter seul à seul.

Je monte dans la chambre de Kylian, où je le trouve couché sur le ventre, en train de pleurer. Ça me tord le cœur. Je m'assieds à côté de lui et lui frotte le dos pour le calmer. Il se retourne et me prend dans ses bras, tout en nichant sa tête dans mon cou. Ses larmes ruissellent contre ma peau.

– Pourquoi est-ce qu'il part tout le temps ? me demande-t-il entre deux sanglots.

– C'est son travail, mon ange. Il est obligé de nous quitter souvent.

– Mais moi, je veux qu'il reste tout le temps avec moi. En plus, je veux lui montrer ce que Nathan m'a appris à faire, râle-t-il.

– Tu pourras encore le lui montrer demain matin.

Il hoche la tête contre mon cou et ses pleurs se calment. Kylian me regarde dans les yeux.

– Et s'il ne revenait pas, cette fois-ci ? me demande-t-il.

– Il revient toujours.

Je lui mens pour le rassurer, c'est vrai, car moi-même j'ai peur qu'un jour il ne revienne pas. Mais ça m'angoisse, alors j'essaye de ne pas y penser. Quand j'étais petite, ma mère me faisait croire qu'elle l'appelait tous les jours pendant que j'étais à l'école et qu'il répondait que tout allait bien. Elle faisait ça pour que je ne m'inquiète pas. Pendant quelques mois, cela a marché, jusqu'au jour où je lui ai demandé de lui parler à mon tour. Elle m'avait alors avoué qu'elle ne lui parlait pas, et je me rappelle avoir beaucoup pleuré ce jour-là. Je n'arrêtais pas de lui demander d'aller le chercher. J'étais trop petite pour comprendre ce qu'était le métier de militaire.

Kylian s'endort finalement sur mon épaule après avoir pleuré toutes les larmes de son corps. Je le couche correctement dans son lit et remonte sa couverture. Puis je me mets en pyjama et décide d'aller me coucher à mon tour. Après les émotions provoquées par cette journée mouvementée, je suis épuisée. Je regarde mon téléphone avant d'aller dormir, et je vois que j'ai reçu un texto d'un numéro masqué.

Tu changes tes habitudes ?

Sûrement quelqu'un qui s'est trompé de numéro. Je n'y prête pas attention et éteins mon téléphone. Quelques minutes plus tard, le sommeil m'emporte.

Le lendemain, je suis réveillée par des rires provenant du rez-de-chaussée. Je prends quelques minutes pour être bien réveillée et me rappelle alors la présence de mon père. Je saute de mon lit et descends presque en courant au salon, où je vois ma famille réunie, en train de rigoler pour tout et rien. Cette scène me met instantanément de bonne humeur.

Je me sers un café avant de les rejoindre. Je suis contente de voir que Kylian n'est plus triste et qu'il essaye de profiter au maximum de la présence de papa. Je m'assieds à côté de mon frère et dépose un bisou sur son crâne. Kylian nous demande, à moi et à mon père, de sortir dans le jardin pour nous montrer ce que Nathan lui a appris hier. Kylian va chercher son ballon pendant que nous profitons du soleil sur la pelouse.

– Alors comme ça, tu es allée assister à l'entraînement de ton frère avec un garçon ? demande mon père, la voix pleine de sous-entendus.

– Je ne savais pas qu'il allait venir. Et il ne se passe rien entre nous, j'ajoute en anticipant sa question suivante.

Il hoche la tête et me lance un regard peu convaincu, avant de continuer son enquête sur tous les garçons que je fréquente.

– Et ce Minho, avec qui tu « révises » ? demande-t-il en traçant des guillemets en l'air.

– C'est un camarade de classe, et je le considère comme mon meilleur ami. Papa, ne t'inquiète pas, je suis prudente. Je ne ferai pas la même erreur deux fois. Ce qui est arrivé m'a vaccinée, je te jure.

Il reste silencieux ; je ne sais pas si ça suffit à le rassurer. Kylian nous rejoint et commence à nous donner des instructions. Je ne suis pas très douée au foot, mais je me prête au jeu pour faire plaisir à mon frère. Au bout de dix minutes, je suis à bout de souffle. Je préfère arrêter avant de perdre un poumon, et je vais prendre une douche.

J'avertis les garçons que je vais ouvrir le café avec ma mère.

Comme je suis en vacances, je vais pouvoir l'aider plus souvent, entre deux séances de révisions. Étonnamment, le dimanche est l'un des jours les plus chargés pour son commerce. Dans notre ancienne ville, le dimanche, c'était le calme plat. Il n'y avait pas beaucoup de magasins ni de restaurants, et seulement un cinéma avec une seule salle. C'était vraiment l'opposé de Toulouse. Ici, il y a toujours un petit concert dans un bar, un film au cinéma, des gens en terrasse… Cette ville est vivante, et je m'y sens très bien.

Pendant plus de deux heures, je sers des cafés,

prends des commandes et nettoie les tables. Alors que je suis derrière le comptoir, ma mère vient me trouver en me disant qu'un client veut que je m'occupe de lui personnellement.

Intriguée, je me dirige vers la table 5 où l'homme est assis dos à moi. Il a des cheveux bruns et porte un bomber noir. Sa silhouette m'est familière et, au fur et à mesure que je m'approche de lui, je reconnais Nathan. Je décide de faire comme si c'était un client comme les autres.

– Bonjour monsieur, qu'est-ce que vous prendrez ? je lui demande, en sortant mon petit calepin pour prendre sa commande.

– Pourquoi tu n'étais pas au café hier soir ? m'interroge-t-il.

Sa question me prend de court. Pourquoi est-il si intéressé par mon emploi du temps ?

– Ça ne te regarde pas, je réplique. Qu'est-ce que tu veux boire, alors ?

– Je voulais juste te montrer que je me préoccupe de savoir ce que tu fais de tes journées. C'est ce que font les personnes gentilles, non ? Et je voudrais un café et un muffin, s'il te plaît.

– Les personnes gentilles entament une conversation par « bonjour », et demandent comment ça va sans agresser leur interlocuteur.

Sur ces mots, je retourne derrière le comptoir. Lorsque je lui amène sa commande, il me remercie en souriant. Comme je ne l'avais jamais vu sourire, je remarque seulement maintenant qu'il a des fossettes au creux des joues. Je continue à prendre les commandes quand, quelques minutes plus tard, Nathan m'appelle à nouveau.

– Assieds-toi avec moi, me demande-t-il.

Mais qu'est-ce qu'il lui arrive, aujourd'hui ? Je lui dis que je ne peux pas, car contrairement à lui, je travaille. Il insiste en me demandant de prendre une pause, mais je refuse et lui amène l'addition. Je le vois payer de loin, et quand je retourne à sa table prendre l'argent, je vois qu'il a laissé un billet de dix et qu'il a écrit un mot sur sa serviette.

Les personnes gentilles laissent des pourboires aux serveuses.

J'esquisse un sourire malgré moi. Il ne lâchera pas l'affaire de sitôt. Si Nathan n'avait pas la réputation d'un coureur de jupons, je commencerais à croire qu'il veut vraiment que l'on devienne amis.

Vers midi, je dis à ma mère de rentrer à la maison pour retrouver mon père. Elle s'en veut que je ne puisse pas passer plus de temps avec lui, mais ce n'est pas grave, je préfère que ma mère en profite.

L'après-midi est assez calme, j'ai même le temps de ranger un peu et passer un coup de balai. Soudain, je vois ma mère arriver avec mon père et Kylian, et je comprends que ça signifie qu'il faut qu'on aille à l'aéroport. L'heure des adieux a sonné.

Dans la voiture, j'essaye de ne pas penser au départ de mon père, alors je laisse mes pensées divaguer du comportement étrange de Nathan à la soirée de mercredi. Peut-être que Nathan sera là, lui aussi. Mais pourquoi est-ce que je me demande ça ? Je m'en fiche, n'est-ce pas ?

Je n'ai pas le temps de me poser plus de questions, puisque nous arrivons enfin à l'aéroport. Je marche lentement, voulant repousser le plus possible les adieux. Les yeux de Kylian sont déjà humides, alors j'essaye de ne pas montrer mes émotions. Ma mère serre la main de mon père de toutes ses forces. Aucun d'entre nous ne parle. Une boule se forme dans ma gorge, qui m'empêche de dire le moindre mot. Elle est présente à chaque départ de papa. Depuis l'an dernier, je ne pleure plus à ce moment-là, j'arrive à attendre l'instant où je suis seule dans ma chambre pour laisser mes larmes couler.

Nous arrivons à la porte d'embarquement, où se trouvent déjà des collègues de mon père. Eux aussi disent au revoir à leurs proches ; certains pleurent, tandis que d'autres essayent de garder la tête haute.

Mon père se tourne vers nous et Kylian comprend

que c'est le moment. Il éclate en sanglots, alors mon père le prend dans ses bras et lui dit qu'il reviendra bientôt. Ma mère se joint à leur étreinte en nichant sa tête dans le cou de son mari pour cacher ses larmes.

J'admire ma mère, comme toutes les femmes de militaires. Elles ont choisi d'épouser l'homme qu'elles aiment malgré son absence les trois quarts de l'année. C'est en les regardant que je me rends compte du pouvoir de l'amour sur l'être humain. Je me joins aussi à leur câlin, et mon père dépose un baiser sur mon front. Il prend la parole pour nous donner du courage :

– Kylian, quand je rentrerai, je te jure que je viendrai assister à l'un de tes matchs. Et je compte sur toi pour veiller sur mes petites femmes, ajoute-t-il. Kathy, nous partirons en week-end en amoureux, promet-il. Quant à toi, Blue, je sais que l'année dernière n'a pas été facile, mais tu es forte et capable de surmonter beaucoup d'épreuves, tu me l'as prouvé. Alors travaille bien, et quand je reviendrai, j'espère que tu auras ton bac !

– Papa, reste avec nous, l'implore mon petit frère en s'accrochant au pantalon de mon père.

Cette scène me crève le cœur et mes larmes menacent de couler, mais je me retiens. Je prends Kylian dans mes bras pour essayer de le calmer. Je fais un dernier bisou à mon père et recule pour laisser mes parents se dire au revoir. Ils se prennent dans les bras comme si c'était la dernière fois. Kylian pleure silencieusement contre mon épaule. Je le berce et lui murmure que tout ira bien. Mon père embrasse ma mère et s'éloigne en nous faisant un signe de la main avant de disparaître. Quand il passe les portes, j'ai l'impression que mon cœur est plus lourd que jamais. Kylian s'accroche un peu plus fort à mon cou tandis que ma mère nous rejoint. Le trajet du retour se fait dans un silence pesant.

Ma mère se gare devant la maison. Kylian s'est endormi, épuisé par les pleurs. Je le couche sur le canapé et vais aider ma mère à préparer le dîner. Je vois bien qu'elle ne va pas bien, c'est tout à fait normal. Moi non plus, je ne suis pas en forme.

– Tu veux aller t'allonger ? je propose à ma mère.

– Non, tu n'as pas à tout gérer toute seule. Même si je suis triste, je peux m'occuper de vous, ajoute-t-elle.

Bien que ma mère ne soit plus dépressive, j'ai toujours peur qu'elle replonge, alors j'ai tendance à faire tout ce que je peux pour qu'elle se sente bien.

Après le dîner, pendant lequel mon frère a fini par retrouver le sourire, je monte dans ma chambre. Je ferme la porte et mes nerfs lâchent. La fatigue se mélange à la tristesse et des larmes dévalent silencieusement mes joues. Mon père n'est pas près de revenir, je me demande même s'il sera là le jour de mon anniversaire. En 17 ans, il n'en a manqué qu'un seul.

Je m'allonge sur mon lit et saisis mes écouteurs. La chanson *Alive*, de Sia, retentit dans mes oreilles. Je l'écoute à chaque départ de mon père. Elle est même devenue ma chanson préférée, je me sens plus courageuse quand je l'entends.

Alors que je me tourne sur le ventre, mes yeux se posent sur une enveloppe placée sur mon oreiller. Elle est de la même couleur que celle de l'autre jour. Perplexe, je sèche mes larmes et l'ouvre. C'est la même écriture.

Le pauvre petit Kylian, il a pleuré parce que papa Stevens est parti. J'espère que toi aussi, tu vas pleurer toutes les larmes de ton corps, ainsi que toute ta famille.

La méchanceté de cette lettre est écœurante. Pourquoi Nathan m'écrit-il un mot pareil ? C'est comme ça qu'il veut me prouver qu'il peut être gentil ? Je savais qu'il pouvait être réellement méchant, mais je ne pensais pas qu'il pouvait l'être à ce point. Et puis, comment pouvait-il être au courant, pour mon père ?

Même si je commençais à découvrir Nathan sous un nouveau jour, je me rends compte qu'il est fidèle à sa réputation, en fait. Ma décision est prise. Sous le coup de la colère, je saisis mon téléphone et écris un message à Rey.

Ne m'adresse plus jamais la parole.

Puis j'éteins mon téléphone et continue à écouter ma playlist. Je suis tellement épuisée, triste et en colère que je finis par m'endormir tout habillée sur mon lit.

3

Le lendemain, je me réveille à 11 heures. Ma mère est déjà partie travailler et la télévision est allumée au rez-de-chaussée. J'entends Kylian rire devant *Tom & Jerry*.

J'allume mon téléphone et vois que j'ai un message de Nathan.

> Je peux savoir pourquoi je ne dois plus t'adresser la parole ?

Je ne prends pas la peine de lui répondre et décide de l'ignorer. Je ne veux pas entendre parler de quelqu'un qui souhaite le malheur de ma famille. Visiblement, il comprend car je n'ai plus de nouvelles de lui de la journée, ni le lendemain d'ailleurs.

Seuls Léa et Cameron m'ont envoyé un texto pour que je n'oublie pas la fête de mercredi. J'ai demandé à ma mère la permission d'y aller et, après avoir hésité, elle a fini par accepter.

Mercredi en fin d'après-midi, Léa vient à la maison pour que l'on puisse se préparer avant d'aller à cette fameuse soirée. Je peux enfin admirer sa nouvelle chevelure : elle a gardé ses cheveux bruns, mais les a fait couper en un carré droit au niveau des épaules, ce qui lui va vraiment très bien.

– Il me tarde d'être à ce soir ! s'exclame mon amie.

– Pour voir Minho, dis-je pour la charrier.

– Quoi ? Mais non, pas du tout, bégaye-t-elle.

J'aime bien l'embêter en parlant de Minho, elle est toujours gênée, c'est mignon. Avant de nous préparer, nous mangeons avec Kylian. Pendant que nous débarrassons la table avec Léa, Kylian va chercher le courrier que nous avons oublié ce matin.

– Tu mets une robe et des talons ? me demande Léa.

– On ne va pas à un bal de promo, dis-je en riant. Je vais simplement enfiler un jean et un tee-shirt un peu habillé.

– Comment comptes-tu attirer le regard d'un garçon, si tu es habillée comme n'importe quel autre jour ?

– Je ne veux pas attirer le regard de qui que ce soit. Je suis bien célibataire.

– Hou là ! Ça s'est mal passé avec ton ex, toi ?

Si elle savait… Je me dépêche de lui répondre, pour éviter d'autres questions :

– Heu, je n'ai jamais vraiment été en couple.

– Toi, jamais été en couple ? Vu ton physique, j'ai du mal à te croire !

Heureusement, Kylian fait son apparition dans la cuisine.

– Y a un truc pour toi, déclare-t-il en me tendant l'enveloppe.

C'est encore l'une de celles que Nathan m'envoie. Je l'ouvre.

Je croyais que tu n'aimais pas faire la fête. Avant, tu faisais tout pour éviter d'aller en soirée.

Une boule se crée dans mon estomac. « Avant » ? Comment Nathan peut-il connaître mes anciennes habitudes ? Je comprends alors que ce n'est peut-être pas lui qui m'a envoyé toutes ces lettres. Si la personne qui les écrit fait référence à « avant », ça veut dire que c'est quelqu'un que j'ai connu dans le passé. Est-ce que ça pourrait être Anabella ? Ou, pire, si c'était Lui qui m'avait retrouvée ? Je commence à paniquer, le rythme de mon cœur s'accélère.

Après tous les sacrifices que j'ai faits pour lui échapper et échapper à cette vie, je ne veux pas revivre l'enfer des années précédentes. Tout, mais pas ça, pitié ! Soudain, Léa pose sa main sur mon bras et me sort de ma bulle.

– Ça va ? me demande-t-elle, l'air inquiet. On dirait que tu as vu un fantôme.

Elle a très bien choisi ses mots, je viens de faire face aux fantômes de mon passé. Je me ressaisis, elle ne doit pas voir que je suis troublée, et je lui dis que tout va bien. Nous montons nous préparer pour la soirée. Léa me montre sa tenue, une robe blanche assez simple. Elle porte des manches trois-quarts, mais prend sa veste en cuir, au cas où elle aurait froid. Elle est vraiment très élégante.

– Waouh, tu es magnifique, je la complimente.

– Je ne compte pas rentrer célibataire, moi, dit-elle avec un clin d'œil.

– Alors, tu te décides enfin à passer à l'action avec Minho ?

– Oui, ce soir c'est le bon ! dit-elle d'un air déterminé.

C'est à mon tour, maintenant. Léa veut absolument que je mette une robe comme elle, mais je reste sur mes positions et insiste pour me mettre en jean. Finalement, elle cède et accepte que je porte un jean à condition qu'il soit serré. Puis elle me donne un chemisier blanc assez fluide, que je rentre dans mon pantalon. Elle agrémente le tout d'une ceinture noire et d'un sac assorti. Ensuite nous sommes confrontées au problème des chaussures. Talons ou non ? Baskets ou ballerines ? Cette fois-ci, c'est moi qui cède et mets des talons noirs assortis à mes accessoires.

Pour la coiffure, rien de très original, juste une

demi-queue, et pour le maquillage, je fais très léger : un peu de mascara, du rouge à lèvres clair, et le tour est joué. Léa fait de même, à part qu'elle ajoute un trait d'eye-liner sur ses paupières.

C'est bon, on est prêtes. Cameron et Minho sont venus nous chercher, on part donc pour une nuit qui s'annonce amusante.

Ça fait à peine dix minutes qu'on marche, les garçons à quelques mètres devant nous, mais j'ai un sentiment bizarre. Depuis que nous sommes sortis de chez moi, j'ai l'impression que nous sommes suivis. Je ne sais si ce sont ces lettres qui me rendent parano, ou si nous sommes réellement suivis. Malgré l'appréhension, je décide de me retourner pour vérifier. À la seconde où je tourne la tête, je vois une silhouette noire à vingt mètres environ derrière nous. Mon rythme cardiaque s'accélère. Alors que la silhouette s'arrête, je fronce les sourcils et me concentre pour essayer de la reconnaître, mais je n'arrive même pas à décider si c'est un homme ou une femme.

– Qu'est-ce que tu regardes, Blue ? m'interroge Léa.

Je me retourne vers elle avec une expression ahurie. Sa question m'a sortie de mes pensées et m'a aussi surprise. Je tourne la tête à nouveau vers la silhouette, mais elle a disparu. L'incompréhension la plus totale m'envahit.

– Rien, j'ai cru entendre un bruit, finis-je par répondre à Léa.

– Tu es sûre que ça va ? Tu es toute blanche. Tu m'inquiètes depuis tout à l'heure.

– Oui, oui, ne t'en fais pas, tout va bien, je t'assure.

Je recommence à marcher, toujours habitée d'une certaine anxiété. J'essaye de me calmer et me dis que cette fête va m'aider à penser à autre chose. Nous arrivons devant une immense maison, que je devrais plutôt appeler une « villa ».

Elle est digne des maisons qui accueillent ces immenses *parties* dans les films américains. Elle est incroyablement propre et le gazon est très bien taillé. Les murs sont blancs, à la limite de la brillance. Apparemment, cette maison appartient à un élève de notre classe.

Nous avançons dans l'allée, Cameron et moi, suivis de Minho et Léa, qui flirtent déjà. Minho a passé tout le trajet à complimenter Léa sur sa coupe de cheveux, sa robe, son maquillage, etc. Cameron et moi nous moquons d'eux à chaque échange un peu niais. Cameron ouvre la porte d'entrée sans même prendre le soin de frapper.

Il y a déjà beaucoup de monde, et les trois quarts des personnes présentes me sont totalement inconnues. Les autres, je les aperçois parfois dans les couloirs du lycée. Certains font même partie de ma classe. Minho arrive derrière nous et passe ses bras autour de notre cou.

– Cameron, je te préviens : Hugo, Nathan et Ethan sont là, alors évite de te battre, cette fois-ci. Trois contre un, ça risque de mal finir.

Cameron ne réplique pas, et moi j'avale ma salive de travers. Bien évidemment que Nathan devait venir. Après tout, c'est un coureur de jupons, ce genre de soirée est un terrain de chasse rêvé pour lui. Je cherche le fameux petit groupe du regard. Je trouve enfin Nathan à côté de Hugo, avec un brun et une blonde. J'en déduis que le brun est Ethan. Lui aussi est un 2B : Beau et Brun. Je ne vois pas très bien les détails de son visage, je remarque juste qu'il a l'air aussi musclé que ses deux amis. La blonde, elle, me rappelle quelqu'un, mais je n'arrive pas à trouver qui.

Alors que nous nous dirigeons vers la cuisine pour nous servir à boire, mais aussi pour les éviter, j'entends quelqu'un qui m'appelle par mon prénom. Je me retourne et vois Hugo me faire signe. Je suis étonnée qu'il se souvienne de moi. Il s'approche de nous et je vois la mâchoire de Cameron se crisper. Je me demande bien quelle peut être la cause du conflit entre ces deux-là. Hugo me fait la bise et se tourne vers Cameron. Des regards noirs, voilà la seule chose qu'échangent les deux garçons.

– Venez avec nous, je vais vous présenter les

autres, dit-il en me saisissant par le bras. Cameron, toi tu les connais déjà, n'est-ce pas ?

Cameron marmonne un « ouais » avant de me suivre. Minho et Léa disent qu'ils vont chercher des bières avant de nous rejoindre. Ils nous abandonnent donc tous les trois ; je suis hyper mal à l'aise et la tension est toujours aussi palpable entre Hugo et Cameron. Cameron passe son bras autour de mes hanches pour me plaquer contre lui.

– Qu'est-ce que tu fais, là ? je lui demande, surprise par son geste.

– C'est pour qu'ils ne t'approchent pas de trop près, ils ne sont pas fiables, chuchote Cameron.

Ce qu'il me dit ne me rassure pas du tout, alors je m'approche un peu plus de lui. Nathan est face à nous, tandis que la blonde et Ethan sont de dos. Au fur et à mesure que nous nous approchons, la silhouette de la blonde m'est de plus en plus familière. Nathan me remarque enfin et plante ses yeux dans les miens, avant de baisser rapidement son regard sur le bras de Cameron. Hugo prend la parole :

– Ethan et Anabella, je vous présente Blue, c'est une amie de Nathan.

Je ne relève même pas sa remarque sur mon « amitié » avec Nathan. Anabella ? Je perds tous mes moyens quand elle se retourne vers moi. Mais enfin, qu'est-ce qu'elle fait là ? Hugo continue de parler, mais je ne l'entends plus, et au fond de moi je prie pour qu'elle ne me reconnaisse pas. J'essaye de cacher ma surprise. Il ne faut pas que les autres remarquent que je la connais. Elle a tellement changé ! Elle est habillée d'un minishort et d'un débardeur très décolleté. Avant, elle était toujours en jogging et en baskets. Tiens, elle se maquille aussi vulgairement que sa tenue. Qu'est-ce qui a bien pu lui arriver, pour qu'elle devienne comme ça ?

– Enchantée. Je suis Anabella, la copine de Nathan, déclare-t-elle, tout sourires.

Second choc de la soirée. Non seulement mon ancienne meilleure amie refait surface dans ma vie, mais elle est en couple avec mon voisin, le *bad boy* du lycée. Ça fait trop de coïncidences. Et en plus de toutes ces surprises, je vois Cameron qui prend Ethan dans ses bras. Je suis complètement perdue. Depuis quand Cameron est-il pote avec l'un des meilleurs amis de Hugo ?

Pendant que les deux garçons discutent, Nathan n'arrête pas de me fixer tandis qu'Anabella se colle à lui comme une moule à son rocher. Je cherche Minho et Léa du regard, ça m'arrangerait qu'ils me sauvent de cette situation ! Je les vois sortir de la cuisine, donc j'en profite pour partir. Je me fraye un chemin parmi la foule. Arrivée à la hauteur de mes deux amis, je m'empresse de demander à Minho d'où Ethan et Cameron se connaissent.

– Tu te rappelles quand je t'ai expliqué les *groupes*,

le premier jour ? Eh bien Cameron n'a pas toujours été avec nous. Avant, il faisait partie de la bande de Nathan, m'explique-t-il.

– Et pourquoi il n'en fait plus partie ? je lui demande.

– Quand j'ai posé la question à Cameron, il m'a juste dit « C'est compliqué », dit-il en l'imitant.

Je n'en reviens pas que Cameron ait été une sorte de Nathan. Il est tellement à l'opposé de lui ! Il n'est pas arrogant, il se préoccupe des gens qui l'entourent et fait tout ce qu'il peut pour ne pas leur faire de mal. Minho propose d'aller rejoindre Cameron qui commence à avoir une discussion assez mouvementée avec Hugo. Il me tend ma bière et nous retournons avec les autres, pour discuter tous ensemble. Même Hugo, Ethan et Anabella se mêlent à la discussion. Bien sûr, Anabella prend soin de ne pas me parler directement.

Seul, Nathan reste en retrait, mais ses yeux ne me quittent pas une seconde. Soudain, Anabella, qui ne m'a pas adressé la parole depuis qu'elle s'est présentée, me demande de l'accompagner aux toilettes.

Elle n'attend pas que je lui réponde et me tire par la manche en m'entraînant à l'écart. Mes amis me regardent partir avec elle, l'air ahuri. Quand nous arrivons aux toilettes, elle demande aux filles de sortir et, étrangement, elles lui obéissent. Elles ont peur d'elle, ou quoi ? Pendant qu'elles sortent, j'examine la pièce. Les toilettes ressemblent à celles d'un restaurant de luxe. Certains sont vraiment nés avec une cuillère en or dans la bouche.

Quand toutes les filles sont sorties, Anabella ferme la porte à clef avant de se retourner vers moi.

– *Blue* ? Vraiment ? Tu as choisi ce prénom parce que tu t'es teint les cheveux en bleu ? Attends, mais tu portes des lentilles bleues, aussi ? Ah, tu penses sûrement qu'on ne peut pas te reconnaître… C'est raté, rigole-t-elle amèrement.

– Comment m'as-tu retrouvée ? je l'interroge.

– Je ne t'ai pas cherchée, je te rassure. Après ce qu'il s'est passé l'année dernière et ce que tu lui as fait, je n'avais plus vraiment envie de te voir. Je suis venue ici uniquement pour affaires ; j'ai compris que je pourrais me refaire ici, le trafic de drogue est en pleine explosion à Toulouse. D'ailleurs, ça m'étonne que tu sois amie avec Nathan. Tu savais qu'il était dealer, lui aussi ?

Ses paroles me font l'effet d'une bombe. Nathan, un dealer ? En plus de tout ce qu'on dit sur lui ? Je ne parviens pas à répondre, je suis comme sonnée. Mais j'aurais dû m'en douter, après tout.

– Est-ce qu'ils sont au courant de ton passé ? reprend-elle. Ou est-ce que tu as réussi à fermer ta petite bouche, cette fois-ci ?

Son ton est tellement amer qu'il me donne des frissons. Je suis terriblement déçue qu'elle ait changé à ce point, et qu'on ne puisse plus se parler normalement. De plus, elle recommence à dealer ? Avec tous les problèmes que j'ai eus, je suis dégoûtée qu'elle fasse comme si de rien n'était.

– Non, ils ne savent rien, et ils ne doivent pas être au courant. J'espère que tu ne diras rien, réponds-je sèchement.

– Et si je leur racontais, qu'est-ce que tu pourrais bien me faire ?

Rien, je ne pourrais rien faire contre elle. Soudain, une idée traverse mon esprit. Et si c'était elle qui m'envoyait ces lettres depuis le début ?

– C'est bien ce que je pensais. Tu ne me feras rien. J'adore avoir l'avantage, me nargue-t-elle.

– Pourquoi tu es devenue comme ça ? Pourquoi tu es aussi agressive ?

– Les gens changent, répond-elle d'un air mystérieux.

– C'est toi, les lettres anonymes, pas vrai ?

– Des lettres anonymes ? Quelles lettres anonymes ? demande-t-elle, confuse.

Elle ne voit visiblement pas de quoi je parle et son étonnement a l'air sincère. J'aurais été rassurée si ça avait été elle. Si ce n'est pas elle, ça veut dire que c'est vraiment Lui qui m'a retrouvée. Cette possibilité me terrifie.

– Tu reçois des lettres anonymes ? me questionne-t-elle.

– Ça ne te regarde pas, je réplique rapidement.

– C'est quelqu'un d'ici, ou que tu connaissais avant de te transformer en Schtroumpf ?

– Je t'ai dit que ce n'étaient pas tes affaires, je répète sur un ton plus sec.

– C'est toi qui as commencé à m'en parler, remarque-t-elle.

– Bon ça suffit, je me casse.

Je souffle, déverrouille la porte et sors des toilettes. La musique est plus forte que tout à l'heure. Dans le salon, les gens commencent à danser, et je vois Hugo et Ethan en train de danser avec des filles. Minho et Léa sont assis sur un canapé dans les bras l'un de l'autre. Nathan, lui, boit son mojito à une vitesse ahurissante. Je n'en reviens toujours pas qu'il soit un dealer. Je finis par trouver Cameron, qui boit sa bière en lançant des regards meurtriers aux gens en train de danser. Je m'assieds à ses côtés et lui demande si tout va bien.

– Danse avec moi, me supplie Cameron.

– Quoi ? Mais je danse mal.

Je n'ai vraiment aucune envie de danser, et ce n'est pas le moment.

– De toute façon, tu n'as pas le choix.

Il m'entraîne au milieu de la foule et nous commençons à nous déhancher l'un contre l'autre. La musique résonne dans mes oreilles et dans tout mon corps. Minho et Léa nous rejoignent et commencent à danser plus que collé serré. La température monte entre ces deux-là. Cameron se penche à mon oreille.

– Cinq euros qu'ils s'embrassent avant la fin de la soirée, parie-t-il.

– Tu rigoles ? Dix euros qu'ils s'embrassent avant la fin de la chanson, je réponds.

Je le sens sourire contre mon oreille. Il pose mes bras autour de son cou. Soudain, Hugo quitte la pièce en prenant soin de bousculer Cameron sur son passage. Je fronce les sourcils, tandis que Cameron semble fier de lui. Nathan apparaît à côté de nous et murmure quelque chose à l'oreille de Cameron. Ce dernier semble hésiter longuement avant de se pencher vers moi et de me dire qu'il doit y aller.

Il m'abandonne là sans rien ajouter, et j'ai l'impression d'être une plante verte. Alors que je me prépare à quitter la piste de danse, Nathan saisit mon poignet et m'attire contre lui.

– Je n'ai pas droit à une danse ? me demande-t-il de sa voix de séducteur.

– Je t'ai dit de ne plus m'adresser la parole.

– On n'a pas besoin de s'adresser la parole quand on danse.

– Qu'est-ce que tu vas dire à ta copine ?

– Rien, ce n'est pas vraiment ma copine. Enfin, c'est compliqué.

Je me défais de son emprise et m'éloigne de lui.

– Tu as peur de danser avec moi ? me demande-t-il

sur un ton de défi. Je suis sûr que tu as peur que je sache que tu danses comme un pied.

Premièrement, je n'aime pas que l'on me sous-estime, deuxièmement quand j'ai un peu d'alcool dans le sang, il est facile de me manipuler. Je reviens donc à son côté et nous commençons à danser à une certaine distance l'un de l'autre. À ce moment-là, je me fiche de ce qu'Anabella peut penser, et de toute façon elle est en train de danser avec un autre garçon.

– Juste une danse, je te préviens.

– Pourquoi tu tiens tant à m'éviter ? Je peux savoir au moins ce que je t'ai fait ?

Qu'est-ce que je peux bien lui répondre ? Je ne peux pas lui parler des mots anonymes. En revanche, grâce à ce que m'a appris Anabella sur lui, j'ai une autre raison pour qu'il ne m'approche plus. Il pose ses mains sur mes hanches et m'attire encore un peu plus près de lui.

– J'ai fait tout ce que je pouvais pour te prouver que je n'étais pas quelqu'un de mauvais. Alors que d'habitude, je me fous de l'avis des gens, avoue-t-il.

– Tu es un dealer, Nathan. Donc, pour moi, tu es quelqu'un de mauvais, je conclus.

Surpris par ce que je viens de lui dire, il s'arrête et plante ses yeux dans les miens. Un sourire narquois naît sur ses lèvres.

– C'est ton petit copain qui t'a dit ça ? m'interroge-t-il.

– Non, c'est ta copine, je réplique. Et pour la deuxième fois, Minho n'est pas mon mec, lui rappelai-je.

– Ça, je l'ai compris, vu qu'il est en train d'embrasser ton amie.

Je tourne rapidement la tête et surprends Léa et Minho en flagrant délit. Je suis tellement contente pour eux. En plus, la chanson n'est pas terminée, donc Cameron me doit dix euros. Je sens le souffle chaud de Nathan qui vient s'écraser contre mon oreille.

– Si les dealers sont des personnes non fréquentables, tu devrais faire le tri dans tes amis, murmure-t-il avant de s'en aller.

Qu'est-ce que cela veut dire ? Mon regard navigue entre Léa et Minho ; y aurait-il une chance qu'ils dealent, eux aussi ? Je n'y crois pas une seconde. C'est alors que les propos de Minho me reviennent à l'esprit. Cameron était ami avec Nathan…

Je retourne m'asseoir sur le canapé, où Minho et Léa me rejoignent quelques secondes après. Je les félicite avec un grand sourire. Alors que nous discutons tranquillement, Anabella, Ethan et Nathan s'asseyent à côté de nous et se joignent à la conversation. Cette fois-ci, Nathan participe. Comme Minho est plutôt méfiant vis-à-vis de Nathan, il évite de lui parler. Alors qu'Anabella n'a adressé la parole à personne depuis qu'elle s'est assise, elle tape sur l'épaule de Nathan pour attirer son attention et lui parle assez fort pour que je l'entende.

– Tu savais que Blue avait pris des cours d'autodéfense ? Elle est même capable de te mettre à terre en moins de quelques secondes, n'est-ce pas, J ?

Oh ! non, faites qu'elle n'en dise pas plus ! Je lui lance mon regard le plus assassin, tandis que Nathan se retourne vers moi en m'interrogeant du regard. Je ne sais pas comment réagir, alors je décide tout simplement de partir. Je prétexte un mal de ventre auprès de Minho et Léa avant de disparaître dans la foule. À l'extérieur, je m'aperçois sans surprise que Nathan m'a suivie.

– Comment elle sait ça ? Tu la connais ? Pourquoi elle t'a appelée J ?

J'essaye de faire abstraction de lui, même s'il me bombarde de questions, et je commande un taxi.

– Ce ne sont pas tes affaires, Nathan. Laisse-moi tranquille.

– D'accord, mademoiselle la reine des glaces, j'arrête avec mes questions. Mais viens à la salle de boxe me montrer tes talents d'autodéfense, propose-t-il.

– Pourquoi tu m'appelles comme ça ? Et il est hors de question que je me batte contre toi, je réplique.

– Parce que tu es toujours froide avec moi, m'explique-t-il. Pour la salle, on verra bien si tu ne viens pas avec moi.

Je me prépare à répliquer, mais mon taxi est déjà là. En montant dans la voiture, je prends soin de mettre fin à notre discussion.

– Au revoir, Nathan. Amuse-toi bien.

Je ferme la portière et indique mon adresse au chauffeur.

Nathan

Je la regarde disparaître dans le taxi. Cette fille m'intrigue tant que ça en devient une obsession. Elle est tellement différente des autres ! J'ai l'impression qu'elle cache un truc, et j'ai envie de découvrir son secret. Je préfère les filles quand elles sont mystérieuses. C'est tellement plus intéressant.

Je retourne me chercher à boire à l'intérieur. Quand je reviens vers les canapés, Anabella me saute dessus, j'en renverse presque mon verre. Elle n'a tellement rien à voir avec Blue… tout le contraire. Trop collante, trop vulgaire, trop dévergondée. Je ne ressens vraiment rien pour elle. Mais bon, peut-être qu'elle pourrait m'en apprendre plus sur la nouvelle.

– Qu'est-ce que tu sais d'autre sur elle ? je la questionne.

– Qui ? Blue ?

– Oui, Blue, de qui tu veux que je parle ?

– On n'est pas censé parler d'une autre fille quand on est avec sa copine, me réprimande-t-elle.

– Tu n'es pas vraiment ma copine, Martinez, dis-je sèchement.

– Un marché est un marché, Rey, chuchote-t-elle à mon oreille.

Je regrette ce marché depuis la seconde où je l'ai fait. C'est comme si j'avais passé un pacte avec le diable. Elle m'amène sur la piste de danse, mais je décide de ne pas bouger. Elle comprend alors que je veux vraiment en savoir plus sur la fille aux cheveux bleus. Elle se penche à nouveau à mon oreille.

– La seule chose que je peux te dire, c'est de te méfier d'elle, parce qu'elle peut causer ta perte.

Ces mots piquent encore plus ma curiosité. Je ne pense pas que cette soirée soit leur première rencontre.

– D'où tu connais Blue ?

– Oh, je la connaissais avant même qu'elle ne s'appelle Blue.

Je ne comprends pas tout de suite.

– Qu'est-ce que tu veux dire ? Explique-toi !

– Nathan, la prochaine fois que tu me parles de Blue, je romps le marché.

Alors que je me prépare à répliquer, Anabella me coupe en m'embrassant à pleine bouche, mais je me sépare d'elle et m'en vais en inventant une excuse bidon. J'en ai marre de cette soirée, elle n'a pas vraiment pris la tournure que j'espérais. Je sors et commence à chercher Hugo pour qu'il me ramène. Je le trouve en train de se disputer avec Cameron.

Avant que je n'arrive à leur hauteur, Cameron jette sa bière au sol et s'en va pendant que Hugo continue de le traiter de lâche. Cameron monte dans sa voiture et démarre en trombe, en prenant soin de faire un doigt d'honneur à mon ami. Je m'approche de Hugo et lui demande de me ramener chez moi. Je ne peux pas conduire, vu la quantité d'alcool qui coule dans mes veines.

– T'es pas en train de sauter une fille ? T'en avais deux, et tu rentres chez toi tout seul ? se moque-t-il.

– Et toi, t'es pas en train de te battre avec Cameron ? je réplique amèrement.

Je suis vraiment mauvais quand j'ai bu, encore plus que d'habitude, et je sais frapper là où ça fait mal. Je sais que toute remarque sur Cameron le blesse, alors je ne suis pas étonné qu'il me demande de monter dans la voiture d'un ton furieux.

Sur le chemin du retour, je ne cesse de penser à ce que m'a dit Anabella. Qu'est-ce que ça veut dire, qu'elle connaissait Blue avant même qu'elle ne s'appelle Blue ? Est-ce qu'elle aurait changé de nom ? Si oui, pourquoi ? Et je ne vois pas en quoi elle pourrait causer ma perte. Elle cache décidément beaucoup de secrets, celle fille. Blue Stevens, je vais te percer à jour.

4

Le lendemain, je ne sors pas de chez moi. Cette soirée a été bien trop éprouvante pour moi, et le retour d'Anabella m'a complètement chamboulée. Je passe la journée à garder mon frère et à regarder des séries. La seule chose qui me rappelle le monde extérieur, c'est l'appel de Léa en fin d'après-midi.

– Allô ?

– Blue, je sors avec Minho ! Je sors avec Minho ! chantonne-t-elle, hystérique.

– Je sais bien, j'étais là hier, je lui réponds en rigolant.

– Et Cameron, qui est parti sans nous avec mon sac dans sa voiture, j'ai cru que j'allais le tuer ! me raconte-t-elle.

Quand Léa est lancée, on ne l'arrête pas, c'est un vrai moulin à paroles et on passe facilement une heure au téléphone. Je pense n'avoir dit que dix mots pendant toute la durée de l'appel et je ne réussis à raccrocher que parce que ma mère m'appelle d'en bas, pour me demander d'aller chercher le courrier pendant qu'elle range les courses.

Je jette un coup d'œil rapide dans la boîte aux lettres, il me semble qu'il n'y a que des pubs, mais soudain une enveloppe attire mon attention. C'est la même que celle d'hier. Je pose les pubs dans le salon et monte en courant dans ma chambre pour l'ouvrir, elle a l'air plus remplie que les précédentes. Cette fois-ci, en plus de la feuille habituelle, il y a des photos de moi sortant du taxi. Sur toutes les photos il y a une cible, comme une lunette de sniper. Cela me terrifie. Je lis alors le papier.

Cendrillon est rentrée après minuit, son carrosse va se transformer en citrouille. J'espère que tu as profité de tes retrouvailles avec ta copine. Oh ! j'allais oublier, je lui ai retourné le cerveau, et maintenant elle te déteste. Oups !

Mes mains tremblent au fur et à mesure de ma lecture. Je me précipite hors de chez moi, je sors dans l'allée et m'avance jusqu'au bord de la route. Arrivée à l'endroit précis où m'a déposée le taxi hier soir, je fais un tour sur moi-même et cherche d'où ces vues ont pu être prises. En comparant l'angle des photos, j'en déduis que c'est depuis une maison en vente de l'autre côté de la rue. Je fais demi-tour et rentre chez moi. Le reste de la soirée, je ne cesse de penser à ces photos, à mes retrouvailles avec Anabella et à la lettre.

Mon passé refait surface pour de bon. Je n'arriverai donc jamais à tourner la page, et même si j'ai changé d'identité, mon histoire continuera de me hanter.

Pendant la nuit, je suis même réveillée par des cauchemars qui m'y ramènent.

*
* *

Comme chaque mercredi après-midi, je me rends chez Will. Mais cette fois-ci je m'y rends un peu anxieuse, puisque nous sommes encore en froid suite à notre dispute de la veille. J'arrive enfin à son appartement. Je sonne, mais Will ne répond pas, j'entre donc grâce à la clé qu'il m'a donnée. Étrangement, il n'y a personne dans le salon, et personne non plus dans la cuisine. Cela ne ressemble pas à son habitude. Je vais dans sa chambre et le vois allongé sur son lit. Il regarde le plafond d'un air pensif. Je m'approche de lui et une odeur d'alcool et de drogue arrive à mes narines.

– Tu m'avais promis d'arrêter la drogue, dis-je, énervée.

– J'essaye de dormir, tu crois vraiment que c'est le moment de parler, là ? me répond-il d'un air absent.

– Oui, c'est le moment, et tu vas aller prendre une douche.

À ces mots, il se lève brusquement, me plaque contre le mur en me serrant le cou d'une main. De sa main libre, il me gifle avec une force surhumaine.

– Je fais ce que je veux, et ce n'est pas toi qui vas me donner des ordres, t'as compris ? me hurle-t-il au visage.

Je suis terrifiée et ne peux m'arrêter de trembler. Une larme coule le long de ma joue. Son œil noir est subitement remplacé par un regard apeuré, et son expression se radoucit. Il me lâche et s'excuse des millions de fois.

*
* *

Toutes ces lettres sont si effrayantes… Je devrais en parler à ma mère, mais d'un autre côté, je n'ai pas envie que ça la préoccupe, elle a déjà beaucoup à faire et à penser. Le lendemain matin, alors que je suis en train de préparer le petit déjeuner de Kylian, quelqu'un toque à la porte. Je vais ouvrir, le couteau plein de Nutella encore à la main, et je tombe sur Nathan. Je me prépare à fermer la porte, quand j'entends Kylian crier son prénom derrière moi.

– Salut, Nathan !

– Salut, bonhomme.

– Dis, tu viens jouer aux jeux vidéo avec moi ?

Au début, je refuse, mais mon petit frère m'implore

une bonne dizaine de fois, alors je finis par céder. Nathan rentre et Kylian lui tape dans la main avant de repartir en courant dans la cuisine. Je me retourne vers Nathan pour l'avertir.

– Je fais ça seulement pour Kylian. Après, tu ne reviens plus jamais chez moi, et tu sors de ma vie.

Je ne le laisse pas répondre et rejoins Kylian dans la cuisine. Je finis de tartiner sa tranche de pain grillée. Nathan nous rejoint et s'assied à côté de Kylian.

– J'ai rêvé de papa cette nuit, m'annonce mon frère.

Sous le choc, le couteau m'échappe et tombe au sol. Je me dépêche de le récupérer. Nathan me lance un regard plein de questions, je vois qu'il est surpris par ma réaction. Je tends la tartine à mon frère et mets le couteau dans le lave-vaisselle.

– Il faisait quoi, ton papa, dans ton rêve, bonhomme ? demande Nathan.

– Il sauvait Blue du vilain garçon, répond Kylian.

Au fond de moi, je prie pour que Nathan pense que ce n'était qu'un rêve. J'espère de tout mon cœur qu'il ne comprenne pas que cette scène est vraiment arrivée.

– Mais cette fois-ci, maman, elle n'était pas triste, parce que papa il ne se faisait pas… continue mon frère.

– Va jouer dans le jardin, mon cœur, dis-je pour couper court.

Il proteste, mais trop content de pouvoir jouer au

foot, il sort en courant. Je sens le regard de Nathan posé sur moi, mais je l'ignore et débarrasse la table. Nathan me fixe toujours. Son regard devient pesant et me met mal à l'aise. Il m'analyse de la tête aux pieds, passe chaque millimètre de mon corps au scanner. Sans s'en rendre compte, il sourit d'un air coquin. Mes joues commencent légèrement à rougir. Ça faisait longtemps que quelqu'un ne m'avait pas regardée de cette manière.

– Bon, euh, je sors surveiller mon frère, dis-je en bafouillant pour couper court à la tension qui s'est installée dans l'atmosphère.

– Blue, montre à Nathan comment tu fais les jongles ! me demande Kylian une fois que je l'ai rejoint dehors.

Nathan sourit, pensant visiblement que je n'ai aucune idée de comment jongler. Alors, je me fais un plaisir de prendre le ballon et de le faire rebondir avec mon pied. Nathan est surpris, mais il n'a encore rien vu. Cette fois-ci, je fais rebondir le ballon un peu plus haut et fais plusieurs têtes avant de le rattraper avec mes mains.

– Allez, ça suffit. Viens, Kylian, on rentre. Nathan, je ne te retiens pas, j'imagine qu'on t'attend chez toi.

– Tu as des talents secrets, princesse. D'ailleurs demain, je viens te chercher et tu me montreras comment tu te défends sur un ring, ajoute-t-il avec un petit sourire, sans me laisser le temps de répondre.

Je déteste quand il sourit ainsi, il ressemble à un magnifique tueur en série. À peine dix secondes plus tard, il est parti.

En fin de journée, je reçois un message de Nathan :

Sois prête à 9 h 30.

Il ne va pas lâcher l'affaire. Je ne comprends pas pourquoi il ne m'ignore pas, comme il le fait avec les autres filles. Je n'aime pas qu'il m'accorde autant d'importance, parce que j'ai peur de commencer à changer d'avis sur lui. Comme je ne veux pas risquer de tomber dans le même piège qu'avec Will, je préfère éviter tout contact avec Rey, même amical. J'ai trop souffert.

Le lendemain matin, la maison est parfaitement silencieuse, ma mère est partie travailler et Kylian n'est pas là. Je suis en train de boire mon café en traînant sur les réseaux sociaux.

Et là, sans prévenir, Mister Rey fait son apparition dans la cuisine. Eh merde.

– Tu sais, s'il y a une porte, c'est pas pour rien.

– Je croyais que les personnes gentilles commençaient leurs discussions par « Bonjour, ça va ? », me rappelle-t-il.

– Oui mais les personnes gentilles frappent avant d'entrer, je réplique.

Il rigole et s'accoude à la table, de manière à approcher son visage à quelques centimètres de moi. Ses yeux verts me fixent, et j'ai du mal à détourner le regard. Un frisson me parcourt. Ses yeux sont semblables à des émeraudes, je n'en ai jamais vu d'aussi magnifiques. Je me ressaisis et prends la parole.

– Tu comptes rester là longtemps ? Tu me déranges, dis-je poliment.

– Et toi, tu comptes te battre comme ça ? m'interroge-t-il.

– Je ne vais pas me battre, Nathan.

– Tu as peur de te casser un ongle, princesse ? se moque-t-il.

– Non, j'ai peur de te casser un bras.

– Tu n'as pas besoin d'avoir peur, dans ce cas. Je te neutraliserai avant, dit-il en riant. Allez, si tu viens avec moi, je te promets que je ne chercherai plus à t'adresser la parole.

Tout à coup, ça m'intéresse un peu plus. Mais je n'ai pas confiance en lui, je sais très bien qu'il ne tiendra pas sa promesse.

– Je suis un homme de parole, princesse, ajoute-t-il en voyant mon hésitation.

Je sais très bien que c'est une mauvaise idée. Mais d'un autre côté, je suis curieuse ; j'irais bien, juste pour me défouler de cette semaine pleine de rebondissements.

– Si tu ne me réponds pas, je vais finir par croire que tu veux que je continue à te parler, poursuit-il.

C'est la remarque de trop. Je lui dis que je monte m'habiller et que je reviens. Je mets un leggings, j'enfile un maillot de foot assez long et des baskets, avant de descendre le rejoindre.

– Tu as intérêt à disparaître de ma vie après ça, dis-je en le poussant hors de la maison.

Pendant le trajet en voiture, Nathan arbore le sourire d'un garçon à qui les parents auraient offert une glace. Nous arrivons devant un établissement qui a l'air abandonné. À l'extérieur, nous croisons Ethan avec une clope à la bouche ; il demande du feu à Nathan.

– Hugo est à l'intérieur. Il a besoin de se défouler, il s'est encore pris la tête avec Cameron, ajoute Ethan alors que Nathan lui passe son briquet.

Nous rentrons et trouvons un Hugo passablement énervé, qui s'acharne sur un pauvre punching-ball. Nathan siffle de manière à attirer son attention. Hugo tourne la tête et vient nous saluer avec son aisance naturelle.

– Tu vas la faire participer à un combat ? Je croyais que l'on n'amenait pas de débutants ici, ni de parieurs, dit Hugo.

– Elle n'est pas là pour un combat ni pour

parier. Elle va juste nous montrer ce qu'elle sait faire, explique Nathan.

Hugo pouffe de rire, il pense sûrement que je ne sais pas boxer.

– Tu vas nous montrer comment castrer un garçon ? se moque Ethan, qui est revenu de sa pause clope.

Alors que je vais répliquer, Nathan prend la parole avant moi.

– Si j'étais toi, je ne la sous-estimerais pas.

– Très bien, je prends le premier round, annonce Hugo.

– Ne lui fais pas trop mal, demande Nathan.

– T'inquiète, frère.

– Je ne te parlais pas à toi, Hugo, rigole Nathan.

Hugo fait un doigt d'honneur à Nathan et nous montons sur le ring. Je ramène mes bras devant ma poitrine. Le combat commence. Il n'ose pas frapper en premier. Dommage, il aurait eu une chance de gagner s'il l'avait fait. Je le frappe à la gorge et lui mets une petite balayette. Hugo tombe au sol, et j'en profite pour lui frapper la poitrine. Les garçons me regardent, stupéfaits, tandis que Nathan a toujours ce sourire en coin.

– Et tu fais des combats ? dis-je, moqueuse. Tu ne dois pas gagner très souvent.

– Mais je n'étais pas échauffé, répond Hugo, vexé.

Je suis sûr que tu ne peux pas me battre une seconde fois, répond-il en se relevant maladroitement.

Je rigole et me replace. Cette fois-ci, il est malin et frappe en premier avec un crochet du droit. Je bloque son bras avec ma main gauche et frappe son coude avec ma main droite, de manière à le déboîter. Il pousse un gémissement, tout en se tenant le coude. Je profite de son instant d'inattention pour le faire tomber au sol. J'entends Ethan et Nathan pouffer de rire.

– Vous vous marrez bien, mais venez vous battre contre elle, râle Hugo en sortant du ring.

Nathan et Ethan se regardent. Puis Ethan se décide enfin à monter.

– Hugo est plutôt bourrin dans ses coups. Fais attention, je suis plus précis, me met-il en garde.

Ce n'est pas avec sa technique qu'il va m'avoir. J'ai été entraînée par un professionnel. Il m'envoie son pied dans le ventre. Je suis surprise, mais je bloque sa jambe et le fais tomber sur le dos.

Humilié, il sort du ring pour laisser sa place à Nathan qui se positionne devant moi, et je me retrouve à nouveau face à ses yeux troublants. Mon cœur s'accélère.

– Anabella avait raison. Tu sais ce qu'elle m'a dit d'autre ? me demande-t-il.

– On parle ou on se bat ? je l'interroge.

Il baisse sa garde. J'en profite pour lui envoyer un coup dans le ventre et me prépare à lui donner un coup de genou dans le nez, mais il me bloque la jambe et me fait tomber au sol. Je l'entraîne dans ma chute, mais avant de toucher le sol, j'inverse nos positions de manière à être sur lui et à le maîtriser. Je souris, fière de moi, et me relève, mal à l'aise quand je me rends compte de la posture gênante dans laquelle nous sommes.

Nous reprenons nos positions de départ.

– Elle m'a dit que tu pouvais causer ma perte, continue Nathan.

De la même manière que j'ai causé la perte de Will. Il essaye de me déstabiliser, il ne faut pas que je l'écoute.

– Qu'est-ce qu'elle t'a dit d'autre ? je lui demande en rentrant dans son jeu.

– Qu'elle te connaissait avant même que tu ne t'appelles Blue.

Je baisse ma garde, complètement prise au dépourvu. Ma respiration se fait saccadée. Et si elle lui avait tout révélé ? Je suis en train de faire une crise de panique, j'ai l'impression que la température monte à une vitesse phénoménale. Je sors du ring et me dirige à l'extérieur pour prendre une bouffée d'air frais. Ethan et Hugo me regardent passer dans l'incompréhension totale. Nathan me suit alors que je prends de grandes inspirations.

– Blue, ça va ? Qu'est-ce qu'il t'arrive ?

– Qu'est-ce qu'elle t'a dit d'autre ?

– Rien, elle n'a pas voulu m'en dire plus.

Je suis rassurée, mon rythme cardiaque se calme enfin et ma respiration redevient normale. Je passe mes mains sur mon visage et me mets à faire les cent pas.

– Où vas-tu ? m'interroge Nathan.

– Je rentre chez moi, je me contente de répondre.

– Tu ne sais même pas par où aller, dit-il derrière mon dos

– Je trouverai, je te rassure.

En me tournant, je percute Nathan. Je ne m'étais pas rendu compte qu'il était si près de moi. La distance pratiquement inexistante entre nous me trouble. Je n'ose même pas lever la tête vers lui, de peur de croiser son regard. Je marmonne une excuse avant de le contourner, mais il attrape mon bras.

– Je vais te ramener en voiture, viens, me propose-t-il.

Sa main descend le long de mon bras et saisit la mienne. J'ai un mouvement de recul et me dirige vers la voiture. Il voulait vraiment me prendre la main ? Il n'a pas dû le faire exprès. Pendant que nous roulons, Nathan me parle, mais je suis trop troublée pour l'écouter. Quand soudain il pose sa main sur mon genou pour attirer mon attention, un frisson traverse ma jambe.

– Qu'est-ce que tu caches, Blue Stevens ? me demande-t-il.

Beaucoup de choses, Nathan, trop même. Je retire sa main de mon genou et me rends compte que nous sommes arrivés. Avant de descendre de la voiture, je vois qu'une enveloppe est accrochée à ma porte. Nathan l'a remarquée, lui aussi.

– Qu'est-ce que c'est ?

– Rien, je réponds. Maintenant, sors de ma vie et ne pose plus de questions à Anabella à propos de moi, j'ajoute sèchement.

Je sors en prenant soin de claquer la portière. Je détache l'enveloppe et rentre à l'intérieur. Ça ne s'arrêtera donc jamais ?

Je pense que je vais m'entraîner avant de venir te voir,
je n'ai pas envie de me retrouver au sol comme tes amis.
D'ailleurs, je croyais que tu les choisirais mieux, tes amis,
après ce qui t'est arrivé.

Il m'a suivie jusqu'à la salle de boxe. Mais comment a-t-il fait pour que personne ne le remarque ? Je panique et mes mains se mettent à trembler. La solution pour que les lettres cessent : ne plus sortir de chez moi jusqu'à la rentrée.

5

Cela fait deux jours que je ne suis pas sortie de chez moi et que je n'ai reçu aucune lettre. Je n'ai même pas osé allumer mon téléphone. Ça fait du bien parfois de couper les ponts avec le monde extérieur, surtout en ce moment, avec tout ce qui se passe ! Quelqu'un sonne à la porte, je vais ouvrir et tombe nez à nez avec un Minho énervé.

– Répondre au téléphone c'est trop te demander ? me gronde-t-il.

– J'avais envie de faire le vide, je lui explique.

– Oui, ben préviens-moi avant de faire ta crise d'asociale ! Je me suis fait un sang d'encre !

Il ne fait que passer en coup de vent, puisqu'il a un rendez-vous galant avec Léa et qu'il est déjà en retard. Je lui souhaite bonne chance avant qu'il ne s'en aille en courant et je rigole en le voyant détaler à toute vitesse. Je ferme la porte et retourne m'asseoir sur le canapé. Une dizaine de minutes plus tard, on frappe de nouveau à la porte ; Minho a dû oublier de me dire quelque chose.

– Tu vas finir par être vraiment en retard à ton rencard ! je me moque tout en ouvrant la porte.

Mais je m'arrête net et referme la porte immédiatement quand je me rends compte que ce n'est pas Minho. Nathan bloque la porte et se glisse à l'intérieur.

– Sors d'ici, je lui ordonne.

– Pourquoi tu ignores mes appels et mes messages ?

Il m'a envoyé des messages, et m'a même appelée ? Malgré le fait que je doive me forcer à ne pas penser à Nathan et à rester loin de lui, j'avoue que ça me fait plaisir qu'il ait pensé à moi. Je m'oblige à reprendre mon attitude froide et distante.

– Je croyais que tu étais un homme de parole, je lui rappelle. Dégage de chez moi ou j'appelle la police, dis-je sur ton menaçant.

– Tu ne le feras pas, me défie-t-il.

Il continue de me sous-estimer après tout ce que je lui ai prouvé. Je m'approche du téléphone fixe, mais avant que je ne puisse composer le numéro de la police, il me plaque contre le mur et bloque mes hanches avec les siennes.

Nathan aime me provoquer et il joue de son physique avantageux pour que je craque. Il doit sûrement être en manque d'attention et désespéré, pour venir me voir. Tout en fixant mes lèvres, il pose une de ses mains sur ma hanche pour m'attirer encore plus près de lui et colle son front contre le mien. Mais pourquoi est-ce que je ne le repousse pas ? Alors qu'il approche ses lèvres des miennes, il se détourne à la dernière seconde pour murmurer ces quelques mots à mon oreille :

– Je vais découvrir tous tes secrets, princesse. Cette chasse au trésor est très amusante.

Alors c'est ça, je ne représente qu'un défi pour lui ? Ça blesse légèrement mon ego. Mais puisqu'il veut jouer, jouons.

– Vous êtes amoureux ? demande une voix.

Nous tournons tous les deux la tête vers l'escalier, où Kylian est surpris de nous voir si proches. Je pousse Nathan et m'approche de mon frère.

– Bien sûr que non, mon cœur.

Il ne manquerait plus que ça. Mais Kylian n'a pas l'air très convaincu ; il descend quelques marches, avant de poser une autre question. Gênante.

– Mais pourquoi vous étiez collés, alors ?

– Nathan a failli tomber, et il s'est raccroché à moi.

Kylian plisse les yeux avant de hocher la tête ; il n'a toujours pas l'air convaincu mais il va s'asseoir sur le canapé comme si de rien n'était.

– Allez Nathan, si tu veux bien partir de chez moi maintenant, je lui demande poliment en chuchotant.

– Non, j'ai envie de rester avec toi, dit-il avec une voix d'enfant en faisant semblant de bouder.

Il va s'asseoir au côté de Kylian, qui est en train de regarder des dessins animés. Je pousse un soupir avant de m'asseoir avec eux.

– Ma mère ne va pas tarder à rentrer, j'avertis Nathan en espérant qu'il s'en aille pour de bon.

– Ne t'inquiète pas, je partirai par la fenêtre, se moque-t-il.

Mon frère finit par monter dans sa chambre, et Nathan et moi nous retrouvons tous les deux dans le salon. Je suis gênée, mais j'essaye de ne pas le montrer.

– On joue à un jeu, pour apprendre à mieux se connaître ? propose-t-il.

– Non, je réplique sèchement.

Ce mec est vraiment sans-gêne. Ça fait presque une heure que je lui demande de partir, et lui, il veut jouer. Avec tous ces défauts, je me demande bien comment il arrive à mettre toutes les filles à ses pieds. Je ne comprends pas comment on peut avoir envie de sortir avec un *bad boy*, si c'est pour être cocue au bout d'une semaine (et encore, une semaine… en général, ça ne dure qu'une nuit).

– Tu ne veux pas apprendre à me connaître ? Savoir quelle est ma couleur préférée ? demande-t-il, faussement outré.

Là encore, ma réponse est négative, mais Nathan ne lâche pas l'affaire pour autant.

– Pose-moi n'importe quelle question, et j'y répondrai sincèrement, annonce-t-il.

Je vois ce qu'il essaye de faire, il veut gagner ma confiance afin que je réponde à ses questions par la suite. Mais ça devient plus intéressant, et je veux bien rentrer dans son jeu si c'est pour en savoir un peu plus sur le mystérieux Nathan Rey.

– Depuis quand tu es dans le trafic de drogue ?

– On pose directement les questions qui fâchent, à ce que je vois, dit-il en rigolant. Trois ans, répond-il.

– Pourquoi tu sors avec Anabella ?

Ça se voit qu'ils ne s'aiment pas. À la soirée, on aurait même dit qu'Anabella était un poids pour lui, comme s'il était contraint de rester avec elle.

– Tu es jalouse ? me demande-t-il en riant.

– Non. Oublie cette question. Tu fais partie d'un réseau, ou c'est toi qui contrôles le réseau ?

Cette fois-ci, il ne rigole plus. Il ne s'attendait pas que je sache comment fonctionne le trafic de drogue. Mais je ne pense pas que Nathan contrôle un réseau ; en général, ceux qui le font sont des sortes de fantômes alors que lui, il a besoin que tout le monde s'intéresse à lui.

– C'est moi qui contrôle le réseau.

Mon cœur rate un battement. J'étais persuadée que c'était un petit dealer, mais en fait, il est comme

Will, il est vraiment dangereux. La peur traverse mon corps tout entier. Je ne veux pas revivre l'enfer que j'ai traversé.

– La drogue détruit les vies, dis-je en murmurant.

– Quoi ? me demande-t-il.

– La drogue détruit les vies. Elle… elle a détruit la mienne, donc je ne veux plus que tu m'approches, m'emporté-je. Ni que tu t'approches de Kylian.

Mais qu'est-ce qu'il me prend ? Je suis en train de lui raconter ma vie ! C'est plus fort que moi, il me pousse à dévoiler mes secrets.

L'adrénaline remplace la peur, et je tire Nathan jusqu'à la porte. Il faut qu'il s'en aille, car s'il reste ici, j'ai peur de ne pas réussir à me taire. Ça devient dangereux.

– Comment ça, elle a détruit ta vie ?

– Ça ne te regarde pas, dis-je en soufflant. Sors, je lui ordonne en ouvrant la porte.

Il me demande des explications, mais je le pousse à l'extérieur avant de fermer la porte à clef et de m'appuyer dessus. Il frappe à plusieurs reprises tout en criant mon prénom.

– Blue, explique-moi, s'il te plaît ! J'ai envie de comprendre ce que tu caches. D'accord, tu ne veux pas m'ouvrir, ni me parler. Alors je vais répondre à ta question. Je sors avec Anabella parce que j'ai passé un marché avec elle. Anabella est à la tête d'un autre réseau de drogue à Toulouse, et chacun des réseaux a ses clients fidèles. L'un de mes hommes, qui est d'ailleurs ton ami, a vendu de la drogue à l'un de ses meilleurs clients, ce qu'elle n'a pas du tout apprécié. Donc, Anabella a voulu se venger, mais nous avons finalement trouvé un terrain d'entente. Mon homme est sorti du réseau, et moi je sers de petit ami parfait.

Un de mes amis ? Nathan m'avait prévenu qu'il fallait que je fasse le tri dans mes amis... Mais je ne réagis pas, parce qu'il pense que je vais craquer et ouvrir la porte pour lui demander lequel de mes amis est la cause de ce marché.

Au bout de quelques minutes, il se décide enfin à s'en aller. Je m'éloigne de la porte et monte dans ma chambre pour voir les messages et les appels que j'ai manqués durant ces derniers jours. Je lis les textos de Minho, dans lesquels il me parle de son rendez-vous avec Léa : il a prévu un après-midi au cinéma et ils iront dîner dans un restaurant assez chic le soir ; il veut même lui offrir des roses, apparemment.

J'ai reçu aussi quelques messages de Léa, dans lesquels elle me dit qu'elle est stressée parce qu'elle attendait ce rendez-vous depuis des mois. Je termine par les messages de Nathan, qui voulait savoir pourquoi je ne lui répondais pas. Le dernier date d'il y a cinq minutes.

> **Je n'abandonnerai pas, Stevens. On se voit à la rentrée.**

Les derniers jours de vacances sont plutôt calmes, Nathan a arrêté son enquête sur moi. Mais ces jours de tranquillité sont terminés, puisque aujourd'hui, c'est la rentrée. Et comme le dit son dernier message, nous allons être obligés de nous voir. Au moins, je ne le croise pas durant le trajet.

Je retrouve Minho, Cameron et Léa devant le lycée. Alors que je m'avance vers eux, les paroles de Nathan me reviennent à l'esprit. Lequel de mes amis est un ancien dealer ? Tout porte à croire que c'est Cameron, vu qu'il faisait partie des amis proches de Nathan. Mais est-ce que ça pourrait être Minho ?

Je chasse ces histoires de drogue de mon esprit, alors que mes amis se tournent vers moi. Les deux amoureux sont dans les bras l'un de l'autre. Cameron m'accueille avec un énorme câlin.

– Merci de me sauver !

Je l'interroge en rigolant :

– Te sauver de quoi ?

– De ce couple qui pue l'amour.

On éclate de rire, et Minho serre Léa un peu plus contre lui. Dans notre salle de classe, comme à notre habitude, je m'assieds entre Cameron et Minho. Tout le monde est là, sauf Nathan Rey. Peut-être que j'aurai droit à un nouveau jour de répit. Le cours commence et la routine scolaire reprend.

Mais alors que le calme règne dans la salle, la porte s'ouvre brusquement sur un Nathan agacé. Il s'excuse pour son retard et prend place juste derrière moi. Il reste silencieux pendant tout le cours, ce qui ne lui ressemble pas. Pas de provocation ? Pas de remarques ? D'habitude c'est son domaine de prédilection. Il aime mettre les gens en colère, juste pour le plaisir.

D'une certaine manière, lui et moi, on se ressemble un peu. Il maintient les gens à distance en les poussant à le détester, moi je me contente d'être froide ; personne ne connaît vraiment Nathan et personne ne me connaît vraiment non plus ; il veut à tout prix trouver le secret que je cache, mais peut-être qu'il en cache un lui aussi.

La sonnerie retentit et me sort de ma réflexion. Je range mes affaires, lentement, puisque Cameron et Minho doivent aller voir leur entraîneur de basket, et je vais prendre ma pause seule. Je quitte la salle dans les derniers et me dirige vers ma prochaine salle de cours.

Dans le couloir, quelqu'un m'attrape par le bras, et une main plaquée sur ma bouche étouffe mon cri de surprise. Je suis entraînée jusqu'aux toilettes, où je mets en pratique mes cours d'autodéfense pour me libérer de l'emprise de mon agresseur. Je me retourne et fais face à Nathan.

– Non mais t'es taré ? C'est quoi, ton problème ?

– On est tous tarés, princesse.

Je ne relève pas et essaye de sortir, mais il me bloque le passage.

– Laisse-moi passer avant que je n'utilise à nouveau mes talents d'autodéfense, dis-je, menaçante.

– Je n'ai pas peur de toi. Tu ne veux pas savoir pourquoi je suis là ? demande-t-il.

– Bon, dis-moi ce que tu veux, que je puisse partir.

– Sèche avec moi. S'il te plaît. Je ne te poserai aucune question sur ton passé et on ne parlera pas de drogue ni d'Anabella. On fera comme si j'étais un garçon sans histoire et toi une fille sans histoire. J'ai juste besoin de m'évader le temps d'une journée, m'implore-t-il.

Je n'ai pas remarqué qu'il avait l'air faible et fatigué. Des cernes ornent ses yeux. On dirait qu'il n'a pas dormi depuis des jours. Et de plus, il a l'air triste. J'essaye de mettre ma compassion de côté et lui réponds avec mon habituelle froideur.

– Pourquoi tu ne demandes pas à tes amis de sécher avec toi ?

– Parce que je n'ai pas envie d'avoir à leur donner des explications, réplique-t-il. Ni de voir la compassion sur leur visage. Toi, vu que tu me détestes, tu ne me regarderas pas comme ça.

– Je ne te déteste pas, Nathan.

– Alors, sèche avec moi.

Je ne sais pour quelle raison, j'ai envie d'accepter sa proposition. Ce serait stupide et complètement irréfléchi, et surtout dangereux, mais disparaître le temps d'une journée avec le garçon le plus beau du lycée est le fantasme de n'importe quelle adolescente qui trouve sa vie morne et ennuyeuse. Mais j'ai bien trop peur de prendre ce risque.

La sonnerie annonce la fin de la pause. Je m'approche à nouveau de la porte, mais Nathan me bloque le passage et coince la poignée avec sa main.

– Aidez-moi ! Je suis coincée ! je hurle.

Sa main lâche la poignée et vient se poser sur ma bouche pour me faire taire. Je me débats, mais son autre main coince mes poignets l'un contre l'autre. Je commence à lui donner des coups de pied dans les tibias, mais il ne cille même pas.

– La différence entre la boxe et l'autodéfense, c'est qu'à la boxe on nous apprend à encaisser les coups sans broncher, chuchote-t-il à mon oreille.

Nathan se décide enfin à me lâcher. Dans un premier temps, je ne bouge pas, ne réagis pas. Mon cerveau ne peut pas penser correctement, vu la proximité de nos corps.

– Maintenant que tu es en retard au cours, tu peux venir avec moi, dit-il sans aucune gêne.

Il ouvre la porte et me saisit le poignet pour me tirer hors des toilettes. Pour une raison inconnue, je le laisse me guider en dehors du lycée comme une marionnette, sans rien ajouter. Pendant que nous marchons jusqu'à sa voiture, je l'observe avec attention. Il est pensif, son visage est fermé et ne laisse apparaître aucune émotion. Ses yeux verts ne semblent pas fixer quelque choses de précis. Mon regard glisse le long de son bras jusque sur sa main qui entoure mon poignet. Il ne me serre pas très fort, mais il exerce une légère pression qui m'oblige à le suivre. Ses poings portent les traces de blessures qui ont l'air plus récentes que celles de l'autre jour.

Nous arrivons devant sa voiture. J'hésite quelques instants, mais au point où j'en suis, je ne vais pas faire demi-tour et aller en cours. Je monte et il démarre. La destination de notre voyage m'étant inconnue, je lui demande où nous allons.

– Surprise, princesse, me répond-il.

Cet éternel surnom… Est-ce qu'il arrêtera un jour de m'appeler comme ça ? Il le fait dans le seul et unique but de m'énerver. Un silence pesant s'installe entre nous. Je n'aime pas cela, alors j'essaye de le combler en posant la question qui trotte dans mon esprit depuis qu'il m'a attirée dans les toilettes.

– Pourquoi as-tu dit que nous étions tous fous ?

Il semble surpris par ma question, mais agréablement surpris.

– On est tous fous, sauf que certains savent le

cacher mieux que d'autres. Ne me dis pas que tu n'as jamais eu une seule pensée complètement délirante.

Son regard me trouble plus que ses paroles. Je n'ose pas répondre. Finalement, je préfère le silence pesant, plutôt que d'avoir à affronter ses yeux.

Je regarde par la vitre le paysage qui défile. Alors qu'on passe sur un pont, j'observe la Garonne qui coule lentement, et le soleil qui s'y reflète. Il ne fait pas très chaud, mais le soleil est de sortie. Nathan tourne à droite et longe le fleuve sur quelques mètres.

– Tu comptes me tuer et jeter mon corps à l'eau ? je lui demande en plaisantant.

– Non, je comptais t'accrocher un poids à la cheville et te laisser couler, réplique-t-il en riant.

Il descend de la voiture, je l'imite et nous nous avançons vers le fleuve.

– Alors, tu m'as fait sécher pour qu'on regarde couler l'eau ?

– Tu pensais que j'allais t'amener à Paris, ou quoi ?

– Non, j'aurais parié sur la salle de boxe, je réplique.

– On a dit qu'on ne parlait pas de ça.

– Non, tu as dit qu'on ne parlait pas de drogue, ni d'Anabella. D'ailleurs voilà un joli suçon, dis-je amèrement en faisant un signe de la tête vers la marque violacée sur son cou.

Un petit rictus se forme sur ses lèvres. Il s'assied dans l'herbe et m'invite à en faire autant.

– Serais-tu jalouse d'Anabella ?

J'explose de rire, mais lui me lance un regard mauvais.

– Quoi ? J'essaye de te faire sortir de ma vie à tout prix, et toi tu penses que je serais jalouse de ta copine ? Qui n'est ta copine qu'à cause d'un stupide marché.

– Un stupide marché qui a sauvé la vie de ton pote, ajoute-t-il méchamment.

Il me fixe pendant plusieurs secondes avant de se saisir de son téléphone pour écrire des textos. Je m'allonge de tout mon long dans l'herbe, et au bout de quelques minutes, il range son téléphone et s'allonge à son tour.

– Pourquoi tu voulais sécher avec moi ?

Il met quelques secondes avant de répondre, des secondes qui me paraissent de longues minutes.

– J'ai besoin de me vider la tête, c'est tout.

– Tu aurais pu te vider la tête avec n'importe qui. En allant boxer avec Ethan et Hugo, ou en sortant avec Anabella ou n'importe quelle autre fille.

– Si tu attends que je te dise que j'avais besoin de toi, tu peux toujours attendre. Nathan Rey n'a besoin de personne. Ne crois pas que tu es devenue importante pour moi ou quelque chose dans ce genre, ricane-t-il.

– Je n'ai pas envie d'être importante pour toi, Nathan. La seule chose que je voudrais savoir, c'est pourquoi tu m'as fait quitter le lycée, si c'était seulement pour s'allonger dans l'herbe à regarder l'eau couler, je réplique, vexée.

Il croyait quoi ? Que j'allais le supplier de m'aimer ? Il ne me connaît vraiment pas.

– J'ai passé une mauvaise semaine, c'est tout ce que tu as à savoir. Est-ce qu'on peut parler d'autre chose, maintenant ? demande-t-il, sur les nerfs.

– De quoi veux-tu parler ?

– Je rêve, ou tu essayes d'être gentille avec moi ? plaisante-t-il.

Un sourire a détendu sa mâchoire crispée et ses sourcils froncés.

– J'essaye juste d'avoir une conversation normale dans laquelle aucun de nous n'a envie de gifler l'autre.

Pour une fois, il ne sait pas quoi répondre et garde le silence quelques secondes.

– Pourquoi tu tiens tant à ce que je sorte de ta vie, Blue ?

– Parce que tu es dangereux, je lui réponds simplement.

– Ce n'est pas parce que je vends de la drogue que ta vie sera en danger. Les affaires, c'est les affaires, mes amis sont mes amis, les deux ne se mélangent pas, ajoute-t-il.

– On n'est pas amis, toi et moi.

– Alors, qu'est-ce que tu fais là ? Tu aurais pu aller en cours, si tu l'avais vraiment voulu. Te débarrasser de moi n'aurait pas été difficile pour toi, vu que tu as fait de l'autodéfense. Je vois bien que je ne te laisse pas indifférente, Blue.

Il a raison, j'aurais très bien pu m'échapper des dizaines de fois, si j'y avais mis un peu plus de volonté. Mais une part de moi voulait venir avec lui. Je le repousse de toutes mes forces, mais quand il me demande de sécher avec lui, j'ai envie de le suivre. C'est tellement déroutant…

– Je ne veux pas être ton amie, j'affirme.

– Moi non plus.

– Alors, comme ça c'est clair, ne fais plus jamais allusion à une quelconque amitié entre nous. Après tout, qui voudrait être ami avec quelqu'un comme toi ? Tu agis comme un gamin, quand tu veux quelque chose, tu l'as, peu importe ce que les autres peuvent bien te dire. Tu te fous complètement des autres, tout ce qui compte c'est ta petite personne. Tu es égoïste, arrogant, et un idiot de première, conclus-je.

Ça fait du bien de déballer son sac, même si j'y suis allée un peu fort. Nathan me regarde d'un air grave.

– Et toi, tu penses que les gens ont envie d'être amis avec toi ? Tu es aussi chaleureuse qu'un glaçon. Quand quelqu'un s'approche de toi et qu'il ne fait pas partie de ton groupe, tu sors les griffes. Tu repousses quiconque s'approche de toi. C'est tellement compliqué de te comprendre, s'énerve-t-il.

– Tu crois que je tiens les gens à distance pour le plaisir ? Et je ne t'ai jamais demandé d'essayer de me comprendre.

– Mais moi, j'ai envie de te comprendre, j'ai envie de savoir pourquoi tu es tout le temps sur la défensive.

– Ça ne te regarde pas. Maintenant, ramène-moi au lycée, s'il te plaît.

Je me lève, furieuse, mais Nathan décide de rester allongé sur l'herbe, à regarder le ciel.

– Comme tu l'as si bien dit, quand je veux quelque chose, je l'ai. J'ai envie de rester ici avec toi, alors je vais rester, et ça va t'énerver, donc c'est encore mieux.

– Cette fois-ci, tu n'auras pas ce que tu veux. Je vais rentrer à pied, je m'en fous, dis-je en m'énervant.

Je commence à regagner la route d'un pas décidé. Il m'insupporte tellement.

– Tu vas te perdre, Blue. Et tu pourrais te faire agresser ou kidnapper. Pourquoi ne pas te faire tuer, aussi ? plaisante-t-il.

– Au moins, tu aurais ma mort sur la conscience ! je lui crie en me retournant.

– Ça ne m'empêchera pas de dormir ! hurle-t-il.

J'accélère le pas, décidée à le planter là. J'atteins

le pont et commence à remonter le chemin que nous avons emprunté à l'aller. Au fond de moi, j'espère qu'il va venir me chercher en voiture et qu'il me ramènera au lycée. Mais à quoi bon espérer qu'un mec qui a une fierté aussi surdimensionnée puisse la mettre de côté pour venir vous aider ? J'arrive enfin de l'autre côté du pont ; maintenant il faut que je me rappelle quelle rue je dois prendre, ce qui est plus compliqué. J'avance encore un peu, dans l'espoir de trouver une rue familière, mais tout m'a l'air inconnu.

Soudain, mon téléphone sonne, je prie intérieurement pour que ce soit Nathan. Mais mon sang ne fait qu'un tour quand je vois le nom de ma mère s'afficher sur mon écran. Merde. Je n'avais pas du tout pensé aux conséquences avant de sécher. Je n'ose pas répondre et accélère le pas. Ce soir, elle va me tuer.

Alors que j'avance dans des rues qui m'ont l'air plus inconnues les unes que les autres, mon téléphone sonne à nouveau. Cette fois-ci, je réponds tout de suite, trop paniquée à l'idée de me perdre dans une ville aussi grande que Toulouse.

– Où es-tu ? me demande Nathan.

Je suis soulagée d'entendre sa voix.

– Je ne sais pas, Nathan, je crois que je me suis perdue. S'il te plaît, aide-moi, dis-je en le suppliant.

– Dis-moi ce que tu vois, et surtout, ne montre

pas que tu es perdue. Je ne veux pas qu'un mec te repère et profite de ce que tu sois toute seule pour décider de te faire du mal.

– Tout ça ne serait pas arrivé si tu m'avais ramenée au lycée comme je te l'avais demandé. Je suis à côté d'une pharmacie, et en face il y a une boulangerie qui s'appelle la Mie d'or, je lui explique.

– J'arrive. Ne raccroche surtout pas.

Je n'ai aucunement l'intention de raccrocher, surtout que je viens de voir juste devant moi un groupe de mecs un peu flippants.

– Ma mère m'a appelée, je lui raconte bêtement.

– Qu'est-ce qu'elle t'a dit ?

– Rien, je n'ai pas répondu, j'avoue timidement.

– Mademoiselle Stevens, je pense que vous allez vous faire engueuler ce soir, rigole-t-il.

– Ce n'est pas drôle, et toi aussi tu vas te faire engueuler, je réplique.

– Non, moi, mon père s'en fout royalement.

Soudain, l'un des mecs du groupe de jeunes me montre du doigt au moment où je passe à leur hauteur.

– Nathan, dépêche-toi, je le supplie tout bas. Il y a un groupe de mecs pas nets juste derrière moi.

– J'arrive, j'arrive. Éloigne-toi d'eux et ne leur montre surtout pas que tu as peur.

– Ils me suivent, Nathan, je l'informe en bégayant.

– Merde ! Ne panique pas, d'accord ? Je ne suis

pas loin de toi. Même s'ils commencent à te parler, tu sais te défendre, Blue.

Il a l'air aussi apeuré que moi, mais ce qu'il dit me rassure. Il continue de me parler quand, soudain, une voix m'appelle derrière mon dos.

– Hé, la fille aux cheveux bleus !

– Vas-y, arrête-toi ! hurle un autre. On veut juste discuter.

Au moment où les pas derrière moi se rapprochent, j'entends Nathan murmurer dans le téléphone un « je vais les tuer ». Mon cœur s'accélère, et d'une voix pratiquement inaudible, je murmure le prénom de Nathan. Une main accroche mon bras, me forçant à me retourner. Un crissement de pneus retentit à côté de nous, et Nathan descend de sa voiture, le visage déformé par la colère.

– Lâche-la tout de suite ! ordonne-t-il au garçon qui tient mon bras.

– Rey, ça faisait longtemps ! s'exclame l'autre.

– Lucas, si tu ne veux pas que ça finisse comme la dernière fois, je te conseille de la lâcher tout de suite, le menace-t-il en s'approchant de nous.

– Depuis quand tu défends les filles, Nathan ? demande le fameux Lucas.

Nathan ne répond pas et pousse Lucas avant de passer son bras autour de mes hanches. Il m'attire contre lui, et nous marchons rapidement jusqu'à la voiture.

– Je connais ta faiblesse, maintenant, Rey !

Cette dernière phrase me fait froid dans le dos. Je monte dans la voiture et Nathan démarre en trombe, insultant Lucas et le traitant de tous les noms d'oiseaux qui lui passent par la tête.

– Il ne t'a rien fait ? Tu vas bien ? me demande-t-il.

– Oui, ça va. C'étaient qui, ces gars ? D'autres dealers ?

– Non, ce ne sont pas des dealers. Tu n'as pas envie de savoir qui ils sont.

– Dis-le-moi, insisté-je.

– Non, parce que après tu vas me fuir encore plus, et je n'aimerais pas ça.

– Nathan, si tu veux que je te fasse un minimum confiance, tu dois me dire qui ils sont.

– Ce sont des mecs avec qui je combats, OK ? À la salle de boxe, on organise toutes les semaines des combats illégaux pour de l'argent. Le match ne s'arrête pas tant qu'un des deux combattants n'est pas K.-O. J'ai envoyé Lucas au tapis beaucoup de fois, alors depuis quelques semaines, il veut se venger et il m'attaque par surprise. C'est de là que venaient mes blessures le vendredi des vacances. Maintenant, tu as enfin une bonne raison de me trouver dangereux, tu es contente ?

Je suis sous le choc. Minho m'avait parlé de ces combats illégaux, mais je n'imaginais pas que ce serait si violent. Je n'ose pas répondre et commence à jouer nerveusement avec mes doigts. J'ai peur, car les histoires de vengeance peuvent aller loin, très loin même. J'en sais quelque chose.

– S'il te plaît, Blue, parle-moi, m'implore-t-il d'une voix douce.

– Est-ce qu'il va me faire du mal pour se venger de toi ? je lui demande timidement.

C'est tout ce que je réussis à dire.

– C'est possible qu'il essaye, mais je ne le laisserai pas faire, répond-il, les yeux plantés dans les miens.

Mes nerfs lâchent. Pourquoi est-ce que je l'ai suivi ? Je n'aurais pas pu rester sagement au lycée, à écouter mes cours de maths ?

– Je savais que tu allais m'attirer des ennuis ! Pourquoi tu n'es pas sorti de ma vie quand je te l'ai demandé, hein ? Je te déteste !

– Tu ne penses pas ce que tu dis, réplique-t-il, la mâchoire serrée.

– Si, je le pense ! Je suis complètement en panique, maintenant. En plus de me faire engueuler par ma mère, il va falloir que je fasse attention chaque fois que je serai seule dans une rue, parce que ton ennemi croit que tu tiens à moi !

– Stop ! me coupe-t-il. On peut arrêter de se disputer cinq minutes ?

J'essaye de récupérer mon souffle. Depuis ce matin, nous n'avons fait que nous disputer, et c'est vrai que c'est épuisant. On dirait qu'il fait tout pour m'énerver, et que ça l'amuse. Je me tais pendant le restant du trajet. Alors que nous arrivons devant le lycée, Nathan ne s'arrête pas. Je me redresse sur mon siège, et avant que je n'aie le temps de lui demander quoi que ce soit, il répond à ma question.

– Je te ramène chez toi, tu n'auras qu'à dire à ta mère que tu as vomi ce matin, que tu es rentrée à la maison pour te reposer et que comme tu as dormi, pris un Doliprane et mangé, ça va mieux.

Je le remercie au fond de moi, parce qu'il aurait très bien pu me laisser me débrouiller. Mais je ne lui dirai pas merci, après tout c'est lui qui m'a mise dans ce pétrin.

– Dis donc, je vois que t'es le pro du mensonge, aussi.

Il ne répond rien et semble vexé. Nous arrivons devant chez moi et Nathan se gare sur le côté. Je descends rapidement de la voiture, lui dis brièvement au revoir et rentre chez moi.

J'envoie un message à Minho pour qu'il me couvre auprès des professeurs en disant que j'étais malade. Puis j'appelle ma mère, un peu nerveuse ; j'imagine qu'elle va me passer un savon. Je prends une grande inspiration. Elle répond presque immédiatement.

– Blue Stevens ! s'exclame-t-elle d'un ton sévère.

– Maman, ne crie pas s'il te plaît, je suis malade. Je crois que le lait de ce matin n'était pas frais.

J'ai vomi mes tripes dans les toilettes à la récréation, donc je suis rentrée pour prendre un cachet et dormir.

– Oh, ça va mieux, maintenant ? m'interroge-t-elle.

– Oui, mais je pense que je vais me recoucher, dis-je d'une voix faible.

– D'accord ma puce, repose-toi bien. Je vais appeler ton lycée pour les avertir. Il faut que je retourne servir, bisous.

Entre-temps, Minho a répondu à mon message.

T'inquiète, je te couvre. T'es où ?

Il m'avait déjà mise plusieurs fois en garde contre Nathan, alors j'imagine qu'il va me faire la morale pour la énième fois quand je lui raconterai ce qu'il s'est passé.

C'est une longue histoire.

Je mets mon téléphone dans la poche de mon jean et me demande ce que je vais bien pouvoir faire de cette journée. J'opte pour des séries et des films à gogo. À midi, ma mère m'appelle, puis j'ai à peine le temps de raccrocher que Minho m'appelle aussi.

– Raconte-moi tout ! s'exclame-t-il.

– J'ai séché, ce qui est complètement stupide,

mais c'est encore plus stupide car j'ai séché avec Rey, dis-je, légèrement honteuse.

– Quoi ? Mais qu'est-ce qu'il s'est passé dans ton cerveau, ça va pas ? Tu es complètement folle. Je t'ai déjà dit que c'était pas un mec bien pourtant, me gronde-t-il.

– Oui, je sais, et je pense que je le sais même mieux que toi.

Je lui raconte tout en détail, de notre départ du lycée en passant par ma rencontre mouvementée avec Lucas, les combats illégaux et mon retour à la maison. Dans mon récit, j'omets la discussion que nous avons eue concernant la drogue et Anabella, car même si tout prouve que c'est Cameron qui faisait partie des hommes de main de Nathan, peut-être que c'est finalement Minho. Et même si j'ai presque une confiance totale en Minho, je reste toujours sur mes gardes.

– Tu ne sors plus jamais seule, c'est clair ? Si tu veux aller quelque part, tu m'appelles et je t'accompagnerai, OK ? Enfin, je demanderai à Cameron de venir avec nous, parce que je ne sais pas me battre, et je ne pourrai pas réellement te défendre, ajoute-t-il.

Je rigole et lui dis que je n'ai pas besoin de garde du corps. Il m'annonce qu'il doit y retourner ; il me prendra les cours et les devoirs.

Je réfléchis à ce qui s'est passé tout à l'heure, et

plus j'y pense, plus j'ai peur que Lucas décide de venir me trouver pour se venger de Nathan. J'ai l'impression que quoi que je fasse, la violence me suit à la trace.

Quand ma mère rentre du travail, je fais tout pour que mon histoire soit crédible. Vers 18 heures, je vais retrouver Minho pour qu'il me donne les cours que j'ai ratés. Arrivée au petit parc à dix minutes de chez moi, je le vois assis sur un banc.

– Tu vas mieux ? me demande-t-il ironiquement. Tu ressemblais vraiment à un zombie ce matin, se moque-t-il.

Alors que je m'assieds à son côté, il sort toutes les feuilles qu'il a à me transmettre, ainsi que les devoirs que l'on nous a donnés. Comme je suis censée être malade, je ne reste que quelques minutes. Alors que j'arrive près de chez moi, je vois Nathan au loin. Il est appuyé contre une voiture et fume une cigarette.

– Qu'est-ce que tu fais là ? je lui demande en arrivant à sa hauteur.

– Je t'attendais, ça ne se voit pas ? dit-il en marchant à côté de moi.

– Pourquoi ? Tu n'as pas besoin de moi pour rentrer chez toi.

Il écrase sa cigarette.

– Alors, est-ce que ta mère t'as crue ? me demande-t-il en mettant les mains dans ses poches.

Je me contente de lui répondre un oui rapide.

– J'ai rompu avec Anabella, m'annonce-t-il.

Ce qu'il vient de me dire me fait sourire.

– Tu vas pouvoir recommencer à coucher avec tout ce qui bouge, je réplique.

– Non, je vais arrêter, justement. Toutes ces filles faciles me lassent. J'ai trouvé une meilleure occupation.

– Ah bon ? Et laquelle ? je lui demande sur un ton joueur.

– Toi.

Je m'arrête net et lève la tête pour voir s'il est sérieux. Contre toute attente, son expression ne révèle aucune once de plaisanterie. Je fronce les sourcils, ne comprenant pas en quoi je serais une occupation plus intéressante que ses parties de jambes en l'air.

– Du calme, je ne te fais pas une déclaration d'amour, j'aime bien te faire chier, Blue Stevens, c'est tout.

– Fais gaffe, Nathan Rey. Je vais finir par croire que tu t'attaches à moi, dis-je sur un ton ironique.

Il rigole et nous arrivons enfin devant chez nous. Avant de nous séparer, Nathan reprend la parole.

– Tu te rends compte ? On vient d'avoir notre première conversation sans que l'un d'entre nous veuille tuer l'autre, remarque-t-il.

– Bonsoir, Nathan, dis-je en riant.

Pendant le dîner, ma mère nous parle des clients

du café, qu'elle commence à bien connaître. Il y a des jeunes, mais aussi beaucoup de gens de son âge, et un groupe de retraités, tous fatigués des grandes villes et qui rêveraient d'aller vivre dans une ville plus tranquille que Toulouse. Apparemment, ils se connaissent tous depuis leur plus jeune âge.

Je me demande si je serai encore amie avec Minho, Léa et Cameron quand je serai vieille, et si nous aussi on se retrouvera dans un café tous les matins pour parler du bon vieux temps. J'aimerais beaucoup, et peut-être que de nouveaux amis se joindront à nous, qui sait ?

Dans ma chambre, je m'affale sur mon lit et commence à rattraper les cours que j'ai manqués. Mais au bout de quelques minutes, la fatigue me gagne. Je me mets en pyjama et me glisse sous les draps. Avant de m'endormir, je jette un rapide coup d'œil à mon téléphone et m'aperçois que Nathan m'a envoyé trois textos.

Tu veux toujours que je sorte de ta vie, ou tu me laisses être ton ami ? Ah ! non, c'est vrai, on n'est pas amis.

Donc ton voisin, oui, ton voisin, ça me semble bien. Alors, tu me laisses être ton voisin ?

De toute façon, je ne te laisse pas le choix.

Il réussit à me faire rire juste avant que je m'endorme.

Le lendemain, alors que je sors de la maison pour me rendre au lycée, Nathan m'attend à côté de la boîte aux lettres. Il est habillé d'un jean, d'un simple tee-shirt blanc et de son éternel bomber. Il a les yeux rivés sur son téléphone, et ce n'est que quand je claque la porte qu'il lève la tête vers moi avec un sourire charmeur.

– Bonjour, voisine. Les voisins font les trajets ensemble, donc on y va ? Ce serait dommage qu'un des ennemis du voisin ait le temps de faire du mal à sa voisine.

– La voisine sait se défendre, elle n'a pas besoin de garde du corps, je réplique.

– Pourtant, la voisine avait peur hier, quand elle s'est retrouvée seule face aux ennemis du voisin.

Il a raison. Je déteste quand il a raison, parce que après il prend cette attitude de « c'est moi le meilleur ». Mais je ne peux pas m'empêcher de sourire intérieurement. J'ai de plus en plus de mal à lui résister, à lui, à ses yeux, ses fossettes… mais je dois me contrôler. À tout prix.

– Tu peux très bien rester sur ton trottoir en me surveillant de loin.

– Oui mais ça ne serait pas aussi amusant.

– Pourquoi tu me colles comme ça ? Il y a des dizaines de filles au lycée qui rêveraient que tu les suives partout.

– Justement, ce n'est pas drôle. Toi, tu n'es pas comme ça. Tu me repousses, et plus tu me repousses, plus j'ai envie de passer du temps avec toi, s'explique-t-il.

Si je suis son raisonnement, alors il me suffit d'arrêter de le repousser, et il finira par cesser de me coller.

6

C'est ce que j'ai fait pendant une semaine, mais tous les matins et tous les soirs, Nathan insistait pour m'accompagner. Il venait me parler au lycée, et j'ai bien vu que ça déplaisait fortement à Minho et Cameron qui n'ont cessé de me rabâcher qu'il allait finir par me faire du mal.

Mais finalement, à force, j'ai fini par apprécier de me passer du temps avec lui, ce qui commence à me faire peur car je baisse la garde petit à petit…

Ce soir, Nathan ne rentre pas avec moi, il a des courses à faire. Traduction : « Il va livrer un gros client. » Je ne suis pas vraiment rassurée de rentrer toute seule. Pendant le trajet, je ne cesse de regarder derrière moi, car même si ça fait quelques jours que je n'ai pas reçu de lettre, je recommence à être parano.

Alors que j'arrive enfin dans ma rue, je tombe sur Hugo, qui n'a pas l'air dans son état normal. J'ai l'impression qu'il plane.

– Blue, quelle agréable surprise ! s'exclame-t-il.

Je l'esquive et continue mon chemin, mais il me rattrape et serre mon poignet avec une force surhumaine. Mon sang se glace et je perds tous mes moyens quand je remarque ses pupilles dilatées et ses yeux rouges.

– Lâche-moi, tu me fais mal, dis-je, les larmes aux yeux.

– Je crois qu'elle t'a dit de la lâcher, ordonne Cameron derrière mon dos.

Hugo lâche mon poignet et s'en va en jurant. Des traces rouges apparaissent sur ma peau. Depuis quand est-ce que Hugo obéit à Cameron ? Et qu'est-ce que Cameron fait là ? Je crois que je ne veux pas savoir la réponse, je veux juste rentrer chez moi.

– Euh… merci, dis-je avant de continuer mon chemin.

– Attends, Blue, me retient-il.

– Désolée, Cameron, mais il faut vraiment que je rentre.

J'atteins rapidement la porte d'entrée que je ferme derrière moi et vais dans la cuisine où ma mère prépare le dîner. Je tire sur ma manche pour qu'elle ne remarque pas les traces sur mon poignet.

– Où est Kylian ? je l'interroge.

– Il est enfermé dans sa chambre depuis une

heure. Quelque chose le tracasse, mais je ne sais pas quoi. Il ne veut pas me parler.

Je monte voir Kylian, que je trouve assis en tailleur sur son lit. Il fixe son bureau d'un air pensif. Je m'approche et m'assieds à son côté.

– Eh bien, bonhomme, qu'est-ce qu'il se passe ? je demande en lui déposant un baiser sur le front.

– Papa me manque, confesse-t-il dans un murmure.

Bien sûr, j'aurais dû deviner pourquoi il était si triste. Ces derniers temps, j'ai eu l'esprit tellement occupé par Nathan que j'ai négligé mon petit frère. Je comprends ce qu'il ressent, je suis aussi triste que lui, mais avec le temps, j'ai réussi à le cacher. Il pose sa tête sur mon épaule et j'entoure son petit corps de mon bras. Je n'aime pas le voir si triste.

Je passe quelques minutes à lui parler, à lui dire qu'on appellera papa bientôt, qu'il pense à nous, même s'il est loin. Ça le console un peu, mais quand il se couche, il a encore les larmes aux yeux. Je m'allonge à son côté et le prends dans mes bras. Je ne peux rien faire de plus pour le consoler, alors je me contente de le garder dans mes bras jusqu'à ce qu'il s'endorme. Une fois qu'il dort paisiblement, je le borde, éteins sa lumière et sors doucement de sa chambre.

Quand j'entre dans la mienne, je remarque une enveloppe collée à ma fenêtre. Alors que cela fait deux semaines que je n'ai pas reçu de mots anonymes, Will a décidé de refaire surface ce soir. Je m'empresse d'ouvrir cette nouvelle enveloppe, qui contient une photo de moi et de Hugo lors de notre altercation, plus le petit mot habituel.

Je t'ai manqué, princesse ? Je suis désolé, j'avais quelques petites choses à régler. Cette petite dispute avec ton ami a dû te rappeler des souvenirs, n'est-ce pas ? Au fait, si j'étais toi, je ferais attention à Rey.

Plus aucun doute possible, c'est Will, l'auteur des lettres. J'hésite toujours à en parler à ma mère, parce que j'ai l'impression que pour l'instant il cherche juste à me faire peur. Cette fois-ci, il y a du nouveau dans son mot : il a l'air de connaître Nathan, ce qui est étrange.

Ces lettres m'obsèdent. Je range la dernière avec les autres et essaye de ne plus y penser, parce que j'ai eu ma dose d'émotions fortes pour aujourd'hui. Mais des tonnes de questions tournent dans ma tête, et je mets du temps à m'endormir.

Le lendemain, après avoir réfléchi une partie de la nuit et dormi deux heures à peine, j'ai pris la décision d'ignorer Nathan. Même si je commençais à l'apprécier, si mes amis me mettent en garde et que Will le mentionne, c'est très mauvais signe. Je décide de partir plus tôt pour ne pas le croiser. Cela m'évitera un interrogatoire dès le matin.

Je marche d'un pas lent, je n'ai pas envie d'aller au lycée. On a un examen de philosophie, et manifestement je ne suis pas faite pour cette matière. J'ai beau essayer, et essayer, je n'y comprends strictement rien.

Quand j'arrive au lycée, il n'y a que Cameron et Minho.

– Bah, elle est où, ta copine ? j'interroge Minho.

– Elle a la grippe. Et ton copain à toi, il est où ? me demande-t-il sèchement.

– Je n'en sais rien. J'ai décidé d'arrêter de lui parler.

Mes deux amis m'applaudissent et, en entrant dans le lycée, Cameron me demande la raison de ma soudaine décision. Je lui mens, mais je ne peux pas leur parler des lettres anonymes, sinon ils vont me poser des questions sur mon passé, et je préfère qu'ils ne connaissent pas la personne que j'étais auparavant. Je n'en suis vraiment pas fière.

On s'installe dans la salle de cours, et Nathan entre une fois que tout le monde est assis. Je garde mon regard rivé sur mon stylo. Il s'assied à l'autre bout de la salle, mais je sens son regard peser sur moi. Notre professeur nous explique quelques petits détails sur l'évaluation, et nous nous mettons au travail pour une épreuve de deux heures.

Le professeur accepte que ceux qui ont fini avant sortent, puisque notre cours suivant a été annulé. Vu que je n'ai pas écrit grand-chose, je me lève un quart d'heure avant la fin, rends ma copie et rentre chez moi. Je me dépêche pour que Nathan ne me suive pas, je n'ai pas envie de m'expliquer ni de parler avec qui que ce soit.

Je passe le reste de la journée à travailler ; je profite des jours qu'il me reste pour réviser, parce que si je rends une aussi mauvaise copie de philo le jour du bac, je suis mal…

À la fin de la journée, épuisée par ces révisions, je me mets en pyjama pour me coucher tôt. On est vendredi, mais je n'ai pas envie de sortir, je suis de mauvaise humeur. Et, je l'avoue, je pense à Nathan. Il m'attire de plus en plus, mes sentiments pour lui évoluent, mais je sais que pour mon bien je dois l'ignorer.

Des coups à ma fenêtre me font sursauter et me sortent de ma rêverie. Je lève les yeux et vois Nathan sur le balcon. Que fait-il là ? Je cours jusqu'à la salle de bains, il est hors de question qu'il me voie dans cette tenue ! Je suis décidée à l'ignorer. Je finis de me laver les dents et attache mes cheveux bleus en un chignon mal coiffé. Mon téléphone ne fait que sonner, j'imagine que c'est Nathan, alors je l'éteins. Mais Nathan se remet à frapper à fenêtre.

Au bout d'une dizaine de minutes, je ne l'entends plus, et je me dis qu'il a abandonné. Il pensait vraiment que j'allais lui ouvrir ? Soudain, deux bras entourent ma taille. Je lâche un cri de surprise et regarde dans le miroir. Ce n'est personne d'autre que Nathan Rey. Comment est-il entré ?

– Va-t'en, je lui ordonne.

– Non, je reste, répond-il avec un sourire.

Je me dégage de son emprise et tire légèrement sur mon short pour cacher mes jambes. Le rouge gagne très vite mes joues, c'est la première fois que je suis aussi dévêtue devant lui. Bien sûr, ses yeux se baladent sur mon corps des pieds à la tête.

– Nathan, qu'est-ce que tu fais là ? je lui demande, exaspérée.

– Lucas n'a pas arrêté de m'envoyer des messages de menace, donc j'ai voulu m'assurer que tu allais bien. En plus, tu ne viens plus, tu ne réponds pas à mes messages. Est-ce que… est-ce que je peux dormir ici, ce soir ? m'interroge-t-il.

– Je peux savoir pourquoi tu veux dormir chez moi ?

– On ne répond pas à une question par une autre question, c'est malpoli.

– C'est toi qui parles de politesse, alors que tu es entré chez moi sans y être autorisé ? je m'emporte.

– Je n'ai jamais dit que j'étais poli.

Je soupire et me dirige vers ma chambre, il me suit sans rien dire. Après avoir fermé la porte, je suis sur le point d'exploser. Je n'ai aucune envie de l'écouter.

– Maintenant va-t'en, Nathan, je le supplie. Je ne veux plus être mêlée à tes histoires, et je ne veux plus rien avoir à faire avec toi.

– Non, je pense vraiment que je vais rester dormir ici.

– Nathan, je suis fatiguée, donc je n'ai pas assez de forces pour te mettre dehors, mais je peux très bien appeler ma mère pour qu'elle le fasse.

– De toute façon, il est hors de question que je te laisse toute seule, alors que… commence-t-il, mais il s'interrompt.

– Alors que quoi ? Que ton pire ennemi veut se venger ? Mais comment tu peux être sûr qu'il va s'en prendre à moi, après tout ?

– Je le sais, c'est tout. Il est dangereux, tu ne comprends pas ça ? Et moins tu en sauras, mieux ce sera. J'ai peur qu'il essaye de te faire du mal ce soir, alors je vais rester ici. Je dormirai sur le fauteuil.

Il me tape sur les nerfs, mais je suis trop fatiguée pour en débattre avec lui.

– Bon, fais comme tu veux, tu me saoules. Reste toute la nuit sur ton fauteuil, si tu veux.

Je me glisse dans mon lit et, avant de fermer les

yeux, je l'avertis que s'il me touche ou m'effleure, je lui arrache les yeux.

– Bonne nuit, Blue, dit-il en riant. Ne t'inquiète pas, je ne bougerai pas du fauteuil. Je veux juste veiller sur toi.

Le lendemain, quand mon réveil sonne, j'essaye d'appuyer dessus mais avec les yeux fermés, c'est assez difficile. Je tâtonne et finis par réussir à l'éteindre.

– Aghsyzbqb, bredouille Nathan.

– Moi pas comprendre le martien, je lui réponds en essayant de cacher un sourire. Maintenant, va-t'en, il faut que je me prépare, sinon je vais être en retard.

– Tu vas être en retard un samedi, toi ?

– J'ai promis à Kylian qu'on irait se promener sur les bords de la Garonne.

Je le pousse difficilement jusqu'au balcon, malgré sa résistance, et sors réveiller Kylian. J'entre dans sa chambre et allume la lumière ; je sais que c'est assez brutal comme réveil, mais Nathan m'a mise de mauvaise humeur. Tout ce dont j'ai envie maintenant, c'est de boire un bon café.

– Allez bonhomme, debout !

Il marmonne des paroles indéchiffrables pour l'oreille humaine, pendant que je quitte sa chambre pour aller préparer son petit déjeuner. Au bout de quelques minutes, mon petit frère fait son apparition au bas des escaliers.

– Il est où, Nathan ? me demande-t-il.

Je fronce les sourcils. Comment sait-il que Nathan a passé la nuit chez nous ? Il s'avance et vient s'asseoir en face de moi. Je lui demande de quoi il parle d'un air innocent.

– Hier, il frappait à ta fenêtre, alors je lui ai ouvert ; il m'a dit qu'il voulait te parler, et je l'ai laissé entrer, m'explique-t-il.

C'est donc comme ça qu'il est entré… Et si Kylian avait ouvert à Will ? Cette pensée me fait froid dans le dos.

– Kylian, ne fais plus jamais ça ! C'est dangereux. Tu ne dois ouvrir à personne. À part maman, papa et moi, je rectifie.

Une fois que nous sommes prêts, tandis que je ferme la porte à clé, un Klaxon me fait sursauter, et par la même occasion lâcher ma clef. Je la ramasse en râlant et me retourne pour voir l'idiot qui m'a fait peur. Évidemment, c'est encore Nathan. Je pousse un soupir.

– Je vous accompagne, déclare-t-il.

– Non, c'est bon, dis-je sèchement.

– Pourquoi tu recommences à m'éviter, Blue ? Je croyais que l'on avait dépassé ce stade.

– Tu es dangereux, Nathan.

– Ça, c'est toi qui le dis. Mais qu'est-ce qui s'est passé pour que tu te braques à nouveau ? m'interroge-t-il.

– Tu vas me faire du mal.

– Alors que je fais tout pour te protéger de Lucas ?

– Tu devrais déjà me protéger de ton taré de pote ! je m'exclame.

Alors qu'il semblait exaspéré jusque-là, son visage, fermé quelques secondes plus tôt, s'adoucit en laissant transparaître une incompréhension la plus totale.

– De quoi tu parles ?

– De Hugo. L'autre jour, il est sorti de chez toi, il était défoncé ou bourré, je ne sais pas trop. J'ai voulu l'éviter, mais il m'a vue et m'a attrapé le poignet, je raconte en lui montrant la trace sur mon bras. Mais Cameron est arrivé, lui a demandé de me lâcher et l'a fait fuir.

– Je vais le tuer, s'énerve-t-il. Qu'est-ce qu'il lui a pris ? Et Cameron, qu'est-ce qu'il foutait là ?

Nathan continue à s'énerver tout seul. Comme il n'a pas l'air de vouloir nous lâcher, je décide de faire demi-tour avec Kylian et de rentrer à la maison. Arrivée dans notre rue, j'accélère pour mettre de la distance entre nous.

– Blue, attends ! hurle-t-il. Tu vas vraiment m'ignorer pour la connerie de Hugo ? me demande-t-il en s'approchant de moi. Je croyais que tu commençais enfin à m'apprécier… tu ne peux pas tout arrêter comme ça.

– Je ne peux pas arrêter quoi, Nathan ? Notre voisinage ? On avait dit qu'on ne serait jamais amis, je te rappelle.

J'ouvre la porte et me prépare à la lui refermer au nez, mais il la retient et essaie de se faufiler à l'intérieur, en même temps que Kylian monte dans sa chambre. Je le pousse pour l'empêcher de rentrer, mais il bloque mes bras et me plaque doucement contre la porte, tout en refermant celle-ci. Son front se pose contre le mien et une de ses mains vient saisir ma hanche.

– Je ne parlais pas de voisinage, ni d'amitié, murmure-t-il.

Son souffle s'écrase sur mon visage. Il est proche, trop proche, et sa phrase est pleine de sous-entendus. Il libère mes bras, mais je ne sais pas pourquoi, je ne le repousse pas. Sa main vient se poser juste à côté de mon visage. Nous nous retrouvons exactement dans la même position dans laquelle Kylian nous avait surpris, l'autre jour.

Aujourd'hui, c'est différent, car nous sommes plus proches que jamais et il me dévore du regard. Mon cœur bat tellement fort que j'ai peur qu'il l'entende.

– Repousse-moi, chuchote-t-il. Je vais t'embrasser, alors repousse-moi avant que je ne le fasse.

Mais je ne fais rien, et pour ne rien arranger, je me mets à fixer ses lèvres, à imaginer la sensation que cela me procurerait si je les embrassais. Alors que je suis totalement détachée de la réalité, ses lèvres viennent s'écraser sur les miennes. À ce moment précis, j'oublie tout. Mon passé, la drogue, le danger, tout. Je pose mes mains sur ses joues et réponds à son baiser. Mes jambes deviennent toute molles et dans mon estomac naît une sensation que je n'ai jamais ressentie. Nous nous séparons, et je reviens sur terre. Je viens d'embrasser Nathan Rey. Mais qu'est-ce qu'il m'a pris ?

– Merde, pourquoi tu ne m'as pas repoussé ? m'interroge Nathan en passant ses mains frénétiquement sur son visage.

– Et toi, pourquoi tu m'as embrassée ?

Comment ose-t-il ? C'est lui qui a fait le premier pas, c'est lui qui a déclenché ce baiser !

– Je vais te faire du mal, Blue, tu n'aurais jamais dû me laisser t'embrasser, putain ! panique-t-il.

– Alors maintenant, tu vas me faire du mal ? Faut que tu te décides, Nathan. Un coup tu me dis que je ne risque rien avec toi et tu m'embrasses, et un autre tu dis que tu vas me faire du mal. Je suis perdue, moi !

Énervée, je me défais de son emprise.

– Moi aussi, je suis perdu, marmonne-t-il.

Tout à coup, il se retourne et s'en va en courant,

claquant la porte derrière lui. Je me retrouve seule, complètement déboussolée dans une maison vide. Je reste plusieurs minutes à fixer la porte sans comprendre pourquoi je suis si bouleversée.

Après tout, j'ai eu ce que je voulais, il m'a enfin laissée tranquille. Plus de danger dans ma vie, plus aucun risque de revivre mon passé. Je devrais être soulagée, non ? Mais au lieu de ça, je n'éprouve aucune émotion, je me sens terriblement vide.

Sans que je comprenne quoi que ce soit, je prends mon téléphone et appelle Minho. Il répond presque immédiatement.

– Allô ? Capitaine Blue, que puis-je faire pour vous ? me demande-t-il en rigolant.

– Minho…

– Qu'est-ce qui t'arrive, Blue ?

– Tu peux venir chez moi, s'il te plaît ? J'ai besoin de te parler.

– J'arrive dans cinq minutes, m'annonce-t-il.

Il raccroche, et cinq minutes plus tard, il ouvre la porte violemment. Je n'ai toujours pas bougé depuis que Nathan est parti. Je ne savais pas qu'un simple baiser pouvait me faire perdre autant les pédales. Minho me demande si je vais bien, je secoue la tête.

– J'ai embrassé Nathan. Et il est parti juste après.

Voilà les seuls mots que je réussis à sortir de ma bouche. Minho me fixe, surpris par ce que je viens de lui apprendre.

– Quoi ? T'as embrassé Nathan Rey ? commence-t-il, l'air énervé.

Mais il voit mon visage triste, et il a compris que je ne suis pas capable de lui fournir plus de détails. Il s'approche alors de moi et me prend dans ses bras. J'imagine qu'il se retient de dire qu'il m'avait prévenue.

– Tu sais quoi ? On va regarder une série, me dit-il en essayant de me motiver.

– Non, dans les séries, y a toujours des gens qui s'embrassent, je bégaye.

– Alors on va travailler, comme ça tu ne penseras plus à ce con, et en plus tu auras ton bac. D'accord, poulette ?

Je hoche la tête. Là, tout de suite, j'ai envie de tout, sauf de travailler, mais bon, au moins ça m'occupera l'esprit. Nous montons dans ma chambre et Minho entreprend de m'expliquer les maths. Nous passons une heure à faire des exercices, et je commence enfin à comprendre.

En regardant par la fenêtre, je suis soulagée de ne pas voir la voiture de Nathan. Minho fait tout pour essayer de me faire rire, et il y réussit, mais je n'en oublie pas pour autant ce qu'il s'est passé ce matin. J'ai beau me repasser la scène dans tous les sens, je ne comprends pas ce qui est arrivé, ce qui lui a donné l'envie de m'embrasser, et ce qui l'a fait paniquer au point de me laisser en plan.

On continue à réviser tout l'après-midi. Grâce à Minho, je pense que j'ai vraiment une chance d'avoir mon diplôme. Il s'en va en fin de journée, juste avant que ma mère ne rentre. On passe une bonne soirée, mais je n'arrive pas à arrêter de penser à Nathan, il s'est insinué dans mon esprit.

Alors que je me prépare à aller me coucher, je reçois un texto de lui. J'hésite à l'ouvrir, car je sais que si je l'ouvre je n'arrêterais pas d'y penser. Mais je résiste, sinon je ne vais pas fermer l'œil de la nuit ; et j'aimerais beaucoup avoir une bonne nuit de sommeil, après cette journée riche en émotions et en révisions. Je crois que je n'ai jamais autant travaillé de toute ma vie. Je me couche et m'endors presque immédiatement.

Le dimanche après-midi, je reprends du service au café. Pour tout avouer, le contact avec les clients m'avait manqué ; même si je suis d'une nature peu sociable, j'adore parler avec les clients, parce qu'on évoque des sujets futiles qui arrivent souvent à nous décrocher un sourire.

La plupart des gens trouvent que notre métier de serveuse n'est qu'un métier temporaire, mais je sais que c'est ce que je veux faire de ma vie. Je veux être la première personne à sourire aux habitués qui viennent tôt le matin, celle qui vous fera rire et décompresser de votre longue journée de travail, en vous parlant du beau temps, de musique, de foot ou de livres.

Je laisse Élie faire la fermeture et je quitte le café. Je n'ai toujours pas eu le courage d'ouvrir le message de Nathan. Ou plutôt les messages, puisqu'il m'en a envoyé d'autres dans la journée. Sur le chemin, je prends mon courage à deux mains et les lis.

> Décidément, tu ne réponds jamais aux messages… Tu m'en veux parce que je suis parti hier matin ?
>
> Je suis désolé, pour hier. Il faut vraiment qu'on parle. Je ne pourrai pas rentrer avec toi ce soir, car il y a un combat. Et je ne serai pas spectateur, si tu vois ce que je veux dire. Souhaite-moi bonne chance. On se voit lundi.
>
> Est-ce que tu peux me donner signe de vie ? Si tu ne me réponds pas, je risque de ne pas être concentré pendant mon combat… S'il te plaît, Blue, insulte-moi si tu veux, mais réponds-moi.

Ses messages ne me rassurent pas vraiment. Même si là, tout de suite, j'ai beau le détester, je m'inquiète pour lui. Je décide de lui répondre :

> Tu es l'un des pires connards que j'aie jamais connu.

Il me répond presque immédiatement, avec son éternelle ironie :

Seulement l'un des pires ? Qui est le pire ?

Je ne lui réponds pas. Oui, Nathan n'est que l'un des pires. C'est Will, le pire de tous.

*
* *

Un orage a éclaté en fin d'après-midi, juste après mon retour de l'hôpital. Mon père vient de rentrer. Ma mère est allée chercher Kylian chez son copain.

– Où étais-tu ? lui demandai-je. J'étais inquiète.

– Je suis allé rendre visite à ton ex-petit ami, mais il n'était pas là, gronde-t-il.

– Ne fais pas justice toi-même, papa, laisse les policiers s'occuper de ça.

– Comment pourrais-je rester sans rien faire, ma puce ? Tu as atterri à l'hôpital à cause de lui. Il aurait pu te tuer. Je vais le faire payer en toute légalité, mon ange, ne t'inquiète pas. Il ne lèvera plus jamais la main sur toi.

Je monte me coucher, encore épuisée par les derniers jours que je viens de vivre. Après seulement quelques minutes, je m'endors.

Le tonnerre me réveille. J'entends du bruit en bas. Je

me lève et me dirige vers la cuisine. J'appuie sur l'interrupteur, mais la lumière ne s'allume pas. L'orage a dû faire sauter le courant. Tout semble normal, et je décide de boire de l'eau avant de remonter. Je m'avance dans l'obscurité et prends un verre sur l'étagère. Soudain, quelque chose se pose sur ma tempe et une main se plaque ma bouche.

– Chut, sweetheart, tu ne voudrais pas que je tire sur ta jolie petite famille ?

C'est Will. Son ton à la fois joueur et menaçant me fait froid dans le dos. Je tremble et laisse tomber mon verre au sol avec un bruit sourd.

– Stupide, voilà ce que tu es ! hurle-t-il.

Il prend ma tête et la cogne contre le plan de travail ; je tombe au sol et il commence à m'assener de violents coups de pied. Mes côtes me font extrêmement souffrir, les larmes coulent instantanément sur mes joues. Soudain, les coups s'arrêtent et j'entends des bruits de lutte. Mon père a dû surprendre Will par-derrière. Il est en train de lui faire regretter tout ce qu'il a pu me faire.

– Personne, tu entends, personne ne touche ma fille ! hurle mon père.

Pendant quelques secondes, j'entends encore des bruits de lutte, puis un coup de feu.

– Papa ! je l'appelle d'une voix tremblante.

Pas de réponse. Le silence envahit la pièce, avant que des sirènes de police ne retentissent.

7

Lundi matin, comme chaque matin depuis que je veux éviter Nathan, je décide de partir plus tôt. Arrivée au lycée, alors que je m'approche de mes amis, Léa embrasse Minho et s'en va. Je dis bonjour aux garçons et leur demande pourquoi elle est partie.

– Il y a de la jalousie dans l'air, rigole Cameron.

Je fronce les sourcils, ne comprenant pas de quoi il veut parler. Minho soupire et donne une petite tape à Cameron, avant de se retourner vers moi et de m'expliquer ce qui se passe.

– Léa n'a pas vraiment apprécié que je passe la journée avec toi hier, et elle m'a fait une crise de jalousie. On dirait qu'elle t'en veut, je suis désolé. Je vais lui parler, ne t'inquiète pas.

Voilà pourquoi je n'ai pas d'amies filles. Je trouve qu'elles font des histoires pour rien, et j'ai toujours préféré être entourée de garçons. Si elle a un problème, pourquoi ne vient-elle pas m'en parler ? Je lui expliquerais qu'il n'y a absolument rien entre Minho et moi, et qu'il est venu me réconforter à cause d'un problème de garçon.

Alors que je vois Nathan arriver, je demande à Minho qu'on rentre dans le lycée. Je n'ai pas vraiment envie de l'affronter dès le matin. Nous montons jusqu'à notre salle de classe.

J'ai évité Nathan toute la journée, ce qui est vraiment épuisant, puisqu'il n'a cessé de me courir après. Il s'est d'abord assis à côté de moi, virant Cameron au passage. Je ne l'ai même pas regardé, et Minho était là pour me soutenir. Ensuite, il a commencé à nous suivre lors de la pause, Cameron est allé lui parler et il a fini par lâcher l'affaire. Cameron, qui n'est pas au courant pour notre baiser, m'a demandé pourquoi je voulais à tout prix l'éviter. C'est alors que je leur ai tout raconté, à lui ainsi qu'à Minho. À la fin de mon récit, ils m'ont observée de longues secondes d'un air surpris.

– Mais pourquoi tu ne l'as pas repoussé ? me demande Cameron.

– Je n'en sais rien. La question, c'est plutôt pourquoi il m'a embrassée.

– Parce qu'il t'aime bien, répond Cameron.

– Nathan n'aime personne, Cameron.

À midi, nous nous sommes lancé des regards, chacun à l'autre bout du réfectoire, mais il n'est heureusement pas venu me parler. Ce n'est qu'à la fin des cours que je dois me confronter à lui. Il me parle, mais je ne lui réponds pas, je ne le regarde même pas. C'est ce que j'aurais dû faire depuis le début. Il est mauvais pour moi, il est comme Will.

Alors que je marche la tête baissée et le regard rivé au sol, il passe devant moi et je me cogne contre son torse.

– Je t'en supplie, Blue, regarde-moi. Parle-moi, frappe-moi, je ne sais pas, mais fais quelque chose.

Je lève lentement les yeux vers lui, ne laissant paraître aucune émotion. Son regard s'ancre dans le mien, il est triste et fatigué, cela se voit, mais je ne flanche pas et garde un visage fermé. Je remarque alors les blessures qu'il a au visage. Un cocard et une lèvre fendue.

Mon cœur se serre en imaginant la violence du combat, et à quel point il a dû souffrir. Son bras essaye d'entourer mes hanches, mais je le contourne et continue mon chemin comme si de rien n'était. Il faut que je résiste. Il me suit tout en me suppliant de l'écouter. Ma gorge est serrée et mes yeux sont humides. Je ne comprends pas pourquoi cela me touche autant. Il saisit ma main, mais je la retire.

– S'il te plaît, Blue, me supplie-t-il d'une voix tremblante.

L'entendre me parler comme ça, le voir si vulnérable me fait mal. Avant de rentrer chez moi, je me retourne vers lui et le vois donner un coup de poing dans un lampadaire. Je m'en veux de le pousser à bout, mais je fais cela pour me protéger. Si je reviens vers lui, je suis sûre de revivre mon passé, et ça, je ne le supporterais pas.

Nathan n'abandonne pas. Ce matin, alors que je suis partie tôt, il m'a couru après pour me rattraper. Il a essayé d'engager la conversation et, voyant que ça ne fonctionnait pas, a commencé à me raconter sa vie.

– Pendant le combat, j'ai été envoyé au tapis, et j'ai pensé à une fille à laquelle je me suis attaché, alors que je n'avais pas du tout prévu ça. Je me suis relevé pour elle, parce qu'elle me donne de la force, et j'ai tabassé mon adversaire comme jamais. Cette fille me déteste parce que je l'ai embrassée, alors je voulais finir rapidement ce combat pour aller lui parler, m'excuser de l'avoir laissée seule. Mais quand je suis arrivée chez elle, elle dormait. Je voulais tellement qu'elle se réveille et qu'elle hurle après moi, comme elle a l'habitude de faire ! Mais non, elle ne s'est pas réveillée, conclut-il.

Je comprends qu'il parle de moi. Je ne sais pas pourquoi mais je trouve ça plutôt mignon. Je ne réponds rien et continue d'avancer jusqu'au lycée, où je retrouve Cameron, Minho et Léa.

Nathan me laisse tranquille et part fumer une

cigarette. Cette fois-ci, Léa ne s'en va pas, mais j'hésite à lui faire la bise. Elle regarde Minho, qu'elle embrasse à pleine bouche avant de partir. C'est clair, elle marque son territoire, et nous ne sommes plus amies. Elle s'en va retrouver ses copines, tandis que Cameron pouffe de rire.

– J'ai essayé de lui parler, Blue, mais elle ne m'écoute pas, m'explique Minho.

– C'est pas grave, au moins t'as essayé.

En cours, Nathan revient à la charge et s'assied à côté de moi. À la moitié du cours, il pose un Post-it sur mon cahier.

Il faut vraiment qu'on parle, s'il te plaît, arrête de m'ignorer. Juste une discussion, et je te laisserai tranquille.

J'ai la bouche sèche et les mains moites. C'est dingue, l'effet qu'a ce garçon sur moi… Une discussion ne devrait pas me tuer, et comme ça il me laissera tranquille. À la pause, je dis aux garçons que je les rejoins après avoir posé mes affaires dans mon casier. Nathan m'emboîte le pas.

– Dis ce que tu as à me dire, et va-t'en.

– J'ai dit « discuter », pas « faire un monologue », Blue. Je me suis excusé des milliards de fois depuis deux jours, pourquoi tu ne me pardonnes toujours pas ?

– Tu m'as embrassée, Nathan, et après tu as paniqué et tu m'as plantée. Je ne comprends pas ce qui a bien pu se passer dans ta tête.

– Je suis désolé, je ne sais pas ce qui m'a pris.

– Pourquoi tu m'as embrassée ?

– Je vais essayer de répondre à ta question, mais sois indulgente avec moi.

– D'accord, j'acquiesce, impatiente.

Au moment où j'ouvre mon casier, une enveloppe en tombe. C'est la même enveloppe que d'habitude. Je m'empresse de la ramasser, mais Nathan est plus rapide que moi. J'essaye de la lui prendre des mains, mais il arrive à m'esquiver.

– Qu'est-ce que c'est ? interroge-t-il.

– Rien. Rends-moi ça, je lui ordonne.

– Ne me dis pas qu'un mec te drague en t'envoyant des lettres ? C'est tellement ringard.

– Mais non, n'importe quoi, je souffle. Rends-moi cette enveloppe.

Il ne m'écoute pas et l'ouvre. Mon cœur s'accélère et je prie intérieurement pour que la lettre ne révèle rien sur mon passé. Nathan la lit et fronce les sourcils, alors que j'essaye toujours de la lui arracher des doigts.

– Qui est-ce qui t'envoie ça ? Ça veut dire quoi ? m'interroge-t-il entre ses dents.

Grâce à un moment d'inattention, je lui reprends le papier des mains et le lis.

Je t'avais dit que Nathan allait te faire souffrir. Mais ne t'inquiète pas, J, je vais te faire souffrir bien plus que lui.

Nathan s'énerve de plus en plus et, voyant que je suis sur le point de partir, il m'embarque dans les toilettes. Ça devient une habitude. Cette fois-ci, il y a des gens à l'intérieur, mais Nathan se débrouille pour les faire sortir. Quand tout le monde est sorti, il se poste devant la porte et la ferme à clef.

– On va enfin avoir notre discussion. On va parler de tout ce dont nous avons besoin de parler, et pas seulement de ce putain de baiser, annonce-t-il. Je veux savoir qui t'écrit ces lettres de menace. C'est qui, ce mec ? Il me connaît ? C'est quoi, cette histoire, Blue ? Et pourquoi il t'appelle J, comme Anabella l'autre jour ? J'ai envie de connaître ton passé, Blue. Maintenant, ça me concerne aussi. Tu es en train de me rendre complètement dingue. Je ne te comprends pas, c'est tellement frustrant !

– Toi, tu ne me comprends pas ? Et moi, tu crois que je te comprends ? Tu m'embrasses, tu t'enfuis, tu t'excuses, tu me dis que je ne serai jamais importante pour toi, et pourtant tu essayes de te faire pardonner depuis deux jours. Pourquoi tu ne lâches pas l'affaire ?

Nous sommes sur le point de passer nos nerfs l'un

sur l'autre, quand mon téléphone se met à sonner. Minho m'appelle, il doit sûrement se demander ce que je fais. Je m'apprête à répondre quand Nathan me prend mon téléphone et parle à ma place.

– Non, elle ne mange pas avec vous, je m'occupe d'elle. Il faut qu'on parle, donc merci d'arrêter de nous déranger, s'énerve-t-il avant de raccrocher.

Il range mon téléphone dans la poche arrière de son jean et, relevant la tête vers moi, prend une longue inspiration avant de reprendre la parole.

– Je t'ai embrassée parce que j'en ai envie depuis longtemps ! Tu m'en veux à cause de ça, mais tu ne m'as pas repoussée. Et de plus, alors que je venais de casser la gueule à Hugo, j'ai vu ton idiot de petit copain sortir de chez toi. Je ne sais pas pourquoi, mais ça m'a tellement énervé de savoir que tu avais sûrement passé tout ton après-midi avec lui… ajoute-t-il.

Serait-il jaloux ?

– Je ne t'ai pas repoussé parce que moi aussi j'en avais envie. T'es content ? Et Minho est venu réparer les dégâts que tu as causés. J'étais complètement perdue et déboussolée, les nerfs vraiment à vif.

Le visage de Nathan se détend, il a l'air surpris par ce que je viens de lui dire. Il s'avance d'un pas maladroit, alors que je passe mes mains sur mon visage pour me calmer. Je recule, voulant éviter qu'il soit trop près. Je ne gère vraiment pas bien la situation dans ce cas.

– Tu avais envie de m'embrasser ? demande-t-il avec un sourire.

Je hoche la tête en me mordant la lèvre, terriblement gênée. Nathan Rey me plaît vraiment. Ce n'est qu'aujourd'hui que j'arrive à l'admettre, parce que c'est flippant.

– Alors, pourquoi tu m'évites ?

– Parce que, comme tu me l'as dit, tu vas me faire du mal. Je ne veux pas m'attacher à toi, Nathan. J'ai trop souffert dans le passé.

– Je ne te ferai pas de mal, j'ai dit ça parce que j'ai paniqué, me rassure-t-il.

– De toute façon, ce n'est pas comme si on allait sortir ensemble. Tu ne veux que des filles avec lesquelles tu peux t'amuser.

– Tu n'as vraiment pas écouté ce que je t'ai dit, hein ? Toutes ces filles, c'est fini, Blue, déclare-t-il en s'approchant de moi. Pourquoi on ne pourrait pas essayer, tous les deux ?

Cette fois-ci, je ne recule pas et le laisse s'approcher de moi.

– Parce que tu es le mec le plus dangereux de la ville, et toi comme moi sommes désastreux en relation de couple. On n'arrive pas à passer une journée sans se disputer, alors tu nous imagines ensemble ? On se détruirait.

– J'ai envie d'essayer. Tu ne comprends pas que tu m'obsèdes ? Ça ne m'est jamais arrivé de penser autant à une fille, Blue.

Il fait encore plusieurs pas vers moi, avant de s'arrêter à quelques petits centimètres. Mon esprit commence à se brouiller.

– Alors, je vais t'embrasser, et si tu ne veux vraiment pas avoir affaire à moi, repousse-moi. Mais je t'en supplie, ne m'évite plus, parce que ça me tue, murmure-t-il en collant son front contre le mien.

Il pose ses deux mains sur mes hanches et m'attire encore plus près. Je ne le repousse pas, c'est probablement complètement stupide, mais j'en ai terriblement envie. Je m'étais promis de ne plus jamais m'attacher à un dealer, mais visiblement je n'arriverai pas à tenir ma promesse…

*
* *

Will a réussi, après un an de relation, à me détruire complètement. Il a réussi à me charmer, à me séduire, à me faire croire que le trafic de drogue auquel il était mêlé n'était qu'un petit deal sans gravité. Et pire que tout, il a réussi à me mêler à ça.

Cela fait deux jours maintenant que je suis à l'hôpital. Deux jours que je n'ai pas vu mon frère parce que mes parents ne veulent pas lui faire peur en le laissant me voir aussi mal en point. J'ai honte de me regarder dans la glace. Mes côtes sont violettes, mon nez cassé, mon poignet droit fracturé. J'en veux tellement à Will, mais je m'en veux aussi à moi, de ne pas avoir porté plainte plus tôt. Mais je ne ferai plus jamais cette erreur. C'est fini, je ne veux plus jamais revivre cet enfer.

*
* *

Comme je ne bouge pas, un sourire naît sur le visage de Nathan, et il m'embrasse. Cette sensation qui avait animé mon ventre samedi refait son apparition. Nathan me serre un peu plus contre lui. Mes mains viennent encadrer ses joues. Je me sens bien dans ses bras. Je me rends compte que je le repousse depuis trop longtemps. Toute notre frustration se ressent dans notre baiser.

Quand nos lèvres se séparent, je suis bouleversée. Je ne peux pas m'empêcher de douter. Qu'est-ce que ce baiser signifie ? J'ai plein de questions encore sans réponse.

– Nathan… je murmure. Est-ce que nous som-mes… enfin, tu vois ? je lui demande en bégayant.

– Laisse-moi deviner, tu te poses encore des questions, n'est-ce pas ?

Comment a-t-il compris ?

– Et si je te proposais un rendez-vous pour rendre les choses officielles ? Tu me poseras toutes les questions que tu veux, tu me diras ce qui te fait hésiter, et on réglera ça.

– Un rendez-vous ? Nathan Rey deviendrait-il romantique ?

– Je fais des efforts, mais bon je ne suis pas encore prêt à t'offrir des fleurs tous les jours, dit-il en se moquant de moi.

– Surtout pas ! Je ne veux pas d'un toutou comme petit ami, je rigole.

– « Petit ami » ? répète-t-il, le sourire aux lèvres.

– Ce n'est pas pour tout de suite, je le reprends.

– On verra demain soir. Ne t'habille pas trop chic. Et je te promets que nous serons rentrés avant minuit, Cendrillon.

Il dépose un bisou sur mon front et nous sortons des toilettes. Des lycéens nous regardent avec insistance, ce qui me gêne au plus haut point. Je baisse la tête, mais Nathan me prend la main et me tire à l'extérieur du lycée où sont regroupés mes amis.

– Qu'est-ce que vous faisiez dans les toilettes ? demande Minho.

– Vous êtes ensemble ? nous interroge Léa.

Je ne me suis même pas rendu compte que Léa était là. On dirait qu'elle ne m'en veut plus. J'espère qu'elle a enfin compris que je ne voulais pas lui piquer son copain. Je ne sais pas vraiment quoi répondre, et je suis très gênée. Je suis sûrement déjà toute rouge. Nathan me regarde et voit la panique dans mon regard.

– Demain soir, chuchote-t-il sans me quitter des yeux.

– Demain soir, je répète bêtement.

Nous sourions comme des idiots alors que la sonnerie retentit. Nous disons au revoir à Léa qui va rejoindre sa classe. En cours, je n'arrive pas à me concentrer et ne fais que penser à Nathan. Notre rendez-vous a lieu très bientôt ! Je n'ai aucune idée de comment m'habiller, ni comment me coiffer. Laisser mes cheveux détachés ou attachés ? Mettre du rouge à lèvres ? de l'eye-liner ?

Si seulement je n'étais pas en froid avec Léa, elle pourrait m'aider pour tous ces trucs. Je n'ai jamais eu de vrais rendez-vous, et pour tout avouer, je suis à la fois stressée et impatiente. Je joue nerveusement avec mes doigts.

– À quoi tu penses ? me demande Minho, qui me sort de ma rêverie.

– Demain j'ai mon premier rendez-vous avec Nathan, et je ne sais pas comment m'habiller, me coiffer ni me maquiller, je lui explique. Est-ce que tu ne peux pas demander à Léa de m'aider ? Maintenant qu'elle sait qu'il se passe quelque chose entre moi et Nathan, elle n'est sûrement plus jalouse.

Alors que nous sortons dans la cour, Minho appelle Léa et je le vois lui parler de loin. Je reste suspendue aux lèvres de Minho en attendant la réponse de Léa.

Je l'entends rire :

– Du calme, Cristina Cordula. Tu lui donneras tes conseils de beauté à midi, parce que je n'ai absolument rien compris à ton truc d'affinage de visage.

Je suis soulagée qu'elle ait accepté.

À midi, nous retrouvons Léa au réfectoire. Elle s'empresse de s'excuser pour avoir été désagréable avec moi ces derniers jours.

– C'est pas grave, Léa, je suis contente qu'on soit redevenues amies.

– Bon, alors, pour ton rendez-vous, est-ce que tu sais où vous allez ?

– Non, mais il m'a dit de ne pas m'habiller trop chic.

– D'accord. Bon déjà, tu es obligée de te maquiller. Je pense que tu devrais te mettre du mascara et de l'eye-liner. Et relever tes cheveux pour affiner ton visage, me conseille-t-elle.

La fameuse technique d'affinage du visage.

– Pour la tenue, pas trop court, mais pas trop long non plus. Un truc sexy, quoi.

– Attends, tu sous-entends que je dois mettre une robe ?

– Bah oui, tu ne comptes quand même pas y aller en jogging ? dit-elle en rigolant.

– Non, tu bannis l'idée de la robe tout de suite, je la préviens.

– Bon, alors qu'est-ce que tu pourrais mettre ? se demande-t-elle. Oh ! je sais, ton tee-shirt dos nu, avec ton jean très foncé, celui qui te fait de belles fesses.

– Mais je vais avoir froid, comme ça !

– Tant mieux, comme ça il te passera sa veste.

Elle me fait rire, elle a tout prévu. Léa est l'incarnation du romantisme.

Elle continue à me donner des conseils pendant tout le repas, on dirait que c'est elle qui doit se préparer pour le rendez-vous.

Après les cours, je file retrouver ma mère au café. Il faut que je la prévienne, j'imagine qu'elle va vouloir tout savoir, connaître le moindre détail de ma relation avec Nathan. J'espère qu'elle me laissera y aller. Je la rejoins au comptoir et prends mon courage à deux mains.

– J'ai un rendez-vous demain, je lâche de but en blanc. Est-ce que tu es d'accord pour que j'y aille ?

– Un rendez-vous amoureux ? s'exclame ma mère. Avec qui ? Il est gentil avec toi ?

C'est bien ce que je pensais, ça va être un interrogatoire.

– Il s'appelle Nathan. Oui, il est gentil avec moi

et oui, c'est un rendez-vous galant. Mais ne t'emballe pas, ce n'est que notre premier rendez-vous. Rien de sérieux pour le moment, je la rassure.

– Nathan, comme le voisin qui vient aux entraînements de foot de Kylian ? m'interroge-t-elle.

– Oui, c'est lui, j'acquiesce.

– Il a l'air gentil. Mais fais attention, Blue. Will aussi avait l'air gentil au début, me rappelle-t-elle. Et tu ne connais pas bien Nathan.

Je vois bien qu'elle est inquiète.

– Je sais, maman. Je me méfie aussi, tu sais. Je te jure que je fais attention, je sais ce que je fais.

– Bon, alors c'est d'accord.

– Merci, merci, merci ! lui dis-je en lui sautant au cou.

Le lendemain, la journée passe à une vitesse extraordinaire. En un rien de temps, il est l'heure du rendez-vous. Quand j'arrive à la maison, je monte en courant dans ma chambre pour me préparer. Je commence d'abord par m'habiller, puis je coiffe mes cheveux bleus en un chignon haut. Je ne suis vraiment pas douée pour le maquillage par contre, je passe plus de temps à faire mon trait d'eye-liner qu'à m'habiller et me coiffer. Je prends mon sac et descends. Le stress est à son comble. Et si je me ridiculisais ? Et s'il me posait des questions sur mon passé, qu'est-ce que je ferais ? J'espère vraiment que tout va bien se passer.

Après les derniers conseils de ma mère qui a l'air tout aussi stressée que moi, je retrouve Nathan devant chez moi. Il m'attend avec impatience, on dirait.

– Tu es anxieuse à cause de notre rendez-vous ? demande-t-il.

– Comment tu as deviné ?

– Tu joues avec tes doigts quand tu es nerveuse, remarque-t-il.

– Tu ne vas pas m'amener dans un truc trop chic, hein ? Je ne suis pas habituée à ce genre d'ambiance.

– Oh non, et moi qui avais réservé dans le restaurant le plus cher de la ville !

– Quoi ? je m'exclame.

– C'est une blague, Blue. Tu paniques vite quand tu es stressée, se moque-t-il.

Il me prend dans ses bras et m'embrasse sur le front.

– Ne t'inquiète pas, on va passer une bonne soirée, je te le promets, murmure-t-il à mon oreille.

Je lui souris, et nous marchons. Nathan pose sa main dans le bas de mon dos.

– Heureusement que je ne t'amène pas au restaurant, j'aurais été obligé de me battre avec le serveur, déclare-t-il en me dévorant du regard.

– C'est ta manière de me dire que je suis jolie ? je lui demande en souriant.

– Non, c'est ma façon de te dire que tu es magnifique, dit-il en rigolant.

Nous marchons quelques minutes avant de nous arrêter devant une petite camionnette où on vend des pizzas. Nous achetons des parts et Nathan me prévient qu'il m'emmène dans un endroit spécial. Je le suis, tout en entamant ma pizza au chorizo.

– Hugo n'arrête pas d'insister pour que je te dise qu'il est désolé pour l'autre soir, me déclare-t-il. Il n'était pas dans son état normal, et énervé contre Cameron, et ça a fait un mauvais mélange, ajoute-t-il.

– Qu'est-ce qu'il se passe entre ces deux-là ? je l'interroge. Et puis, comment ça se fait que vous vous soyez réconciliés avec Hugo ? Je croyais que vous vous étiez battus, j'ajoute.

– Pour Cameron et Hugo, tu le leur demanderas, parce que je ne sais pas vraiment comment te l'expliquer. Pour Hugo et moi, c'est simple, on est comme des frères. On se bat, l'un de nous deux remet l'autre dans le droit chemin, et on redevient comme avant, me répond-il.

Il s'arrête près d'un banc et me fait signe de m'asseoir à côté de lui. Je lui demande si c'est ici son endroit spécial, il se contente de me répondre d'attendre un peu. On dirait qu'on est dans un parc.

Devant nous il n'y a personne, juste une étendue de béton. Au sol, je remarque plusieurs taches bien distinctes. Malgré l'obscurité, j'arrive à voir que ce sont des cercles noirs, mais à quoi peuvent-ils servir ?

– Qu'est-ce qu'on attend ? je l'interroge.

– Tu verras, mais ce n'est pas encore l'heure. Si on parlait des choses sérieuses, en attendant ?

Voilà la discussion que je redoutais. Parler de sentiments, de toutes ces choses du couple n'est pas du tout ma tasse de thé. Je ne sais pas vraiment comment m'y prendre, bien que j'aie déjà vécu une relation sérieuse. Même si elle a été un désastre, j'ai vécu une relation sérieuse.

– Explique-moi ce qui t'a empêchée de me dire « oui » mardi, commence Nathan.

Il a décidé de ne pas y aller par quatre chemins, malheureusement pour moi. Alors que j'ai fini ma part de pizza, je garde mes yeux fixés sur le carton. Je me mords nerveusement la lèvre et commence à jouer avec mes doigts. Nathan me prend le carton des mains et le jette, ainsi que le sien, dans la poubelle à côté de lui. Il se replace droit devant moi en attendant ma réponse. Je prends une grande inspiration, avant de me lancer.

– Tu es un dealer, Nathan. Qu'est-ce qui me dit que tu ne peux pas péter les plombs, comme Hugo l'a fait ?

– Je ne consomme pas de drogue, Blue, me coupe-t-il.

– Il disait la même chose... je murmure.

*
* *

– Coucou mon cœur, je suis là ! hurle Will en entrant.

Je réponds froidement :

– Je suis dans ta chambre.

Je suis tellement en colère contre lui. Il m'a menti, et maintenant, j'ai des preuves. Il débarque dans sa chambre et son sourire s'efface instantanément quand il voit ce que je tiens dans ma main.

– Est-ce que tu te drogues ? je lui demande en lui jetant le sachet.

– Non.

– C'est tout ? J'ai juste le droit à un pauvre « non » ? J'avais déjà des doutes à cause de tes fréquentations, et maintenant que je trouve un sachet de cocaïne dans ta chambre, tu continues à me mentir.

– Je ne me drogue pas, je revends juste, me répond-il.

*
* *

– Qui ça ?

Mince, ça m'a échappé. Je m'empresse d'ajouter :

– Personne. Je n'ai rien dit.

Heureusement, il n'a pas entendu ma remarque.

– Et je ne te ferai jamais de mal, m'assure-t-il.

– D'accord, alors imagine que tu te fasses coincer par les flics et que tu ailles en prison pour trafic de drogue et combats illégaux, qu'est-ce que je fais, moi ? Je tombe avec toi pour complicité, ou un truc de ce genre ?

– Je ne me ferai pas choper. J'ai une liste de tous les policiers à qui j'ai déjà vendu de la drogue, et je suis sûr qu'ils n'aimeraient pas que je les dénonce, ajoute-t-il comme si tout était normal.

– Mais tu te rends compte que ce que tu fais est dangereux, ou tu es complètement inconscient ? je lui demande.

– Je sais ce que je fais, Blue. Même si je ne le faisais pas, quelqu'un le ferait à ma place, alors autant le faire et gagner assez d'argent pour m'assurer un futur sans problème.

– Tes combats illégaux aussi, c'est pour assurer ton futur ?

– Non, ça, c'est pour me défouler. Il vaut mieux que je frappe un gars qui mérite bien plus qu'une paire de baffes, plutôt qu'un mur ou un sac de sable, non ?

– Mais tu n'as pas peur de te faire vraiment tabasser, un jour ?

– Qu'est-ce que ça a à voir avec toi et moi ?

– Oh ! je ne sais pas, après tout, toutes les filles rêveraient que leurs petits copains fassent des combats, et qu'en plus de ça ils dealent, dis-je en haussant le ton.

J'ai eu le courage de lever les yeux vers lui. Il me regarde avec un sourire aux lèvres.

– Pourquoi est-ce que tu souris ?

– Tu t'inquiètes pour moi, en fait. Tu tiens à moi, c'est mignon.

– Pfff ! Ce n'est pas mignon, et je m'inquiéterais pour n'importe qui d'autre dans la même situation.

Alors que Nathan se prépare à répliquer, de l'eau jaillit du sol juste à côté de nous, ainsi que des lumières pour éclairer les jets d'eau. Je sursaute de surprise avant de tourner mon regard vers la fontaine. Nous restons quelques minutes en silence, à admirer les jets d'eau et le jeu de lumière.

– Ça te plaît ? me demande-t-il.

Je hoche la tête avec un sourire enfantin. Il passe son bras autour de mes épaules et m'attire contre lui.

– Même si tu ne me l'as pas clairement dit, je tiens à toi aussi, Blue.

C'est à mon tour de passer mes bras autours de lui et de le serrer contre moi. Il dépose un baiser sur mon front.

– Bon, à moi de poser les questions, reprend-il.

Mon rythme cardiaque accélère.

– Blue Stevens n'existait pas il y a quelques mois, hein ? Pourquoi ? Qui es-tu réellement ?

Mon cœur s'arrête net. C'est l'une des questions auxquelles je n'ai pas le droit de répondre. Il faut que je réponde comme je l'ai appris, en détournant l'attention.

– Je rêve, ou tu as enquêté sur moi ? je demande, outrée.

– Oui, et j'en suis désolé. Ce qu'Anabella m'a dit te concernant ne cesse de tourner en boucle dans mon esprit. Je m'imagine plein de scénarios. J'ai même pensé que tu étais une policière sous couverture.

– Tu penses que je suis flic ? Mais enfin, je suis trop jeune pour être flic ! Et si j'en étais une, je t'aurais déjà arrêté, tu ne penses pas ?

– Sauf si tu voulais savoir qui sont mes hommes, réplique Nathan.

– Alors, pourquoi tu m'as amenée ici, si tu penses que je suis là pour te détruire ? je lui demande en me levant du banc.

Il me fixe pendant quelques secondes avant de me répondre, se levant à son tour.

– Parce que même si je me dis que tu es sous couverture, tu me plais. Je n'arrive pas à te lâcher d'une semelle. Alors, dis-moi qui tu es, Blue Stevens.

– Je ne peux pas répondre à ça.

Son visage se décompose et ça me fend le cœur.

Je m'empresse de compléter ma réponse dans l'espoir de l'atténuer.

– Je ne suis pas venue ici pour toi, Nathan, mais je ne peux pas te dire qui je suis, ni pourquoi je suis là.

– Tu me poses toutes les questions qu'un poulet me poserait, on me prévient que tu vas causer ma perte, et pourtant je ne t'ai pas fuie. Alors, si tu tiens un tant soit peu à moi, tu devrais me faire confiance. Pourquoi tu ne peux pas me dire quelle était ta vie avant ?

– Je ne peux pas, c'est tout, je bégaye. S'il te plaît, arrêtons de parler de ça.

Ma voix se brise à la fin de ma phrase, et contre toute attente, Nathan n'insiste pas. Il a sûrement dû remarquer mes yeux humides. Il prend ma main et me tire sur ses genoux alors qu'il se rassied sur le banc. Je pose ma tête contre son épaule et ses bras viennent m'entourer.

Le reste de notre soirée a été super. Nous avons passé notre temps à parler de films, avant de dériver sur les rumeurs de notre lycée. Je n'ai pas vu le temps passer, c'était déjà l'heure de rentrer.

J'étais assise sur le banc avec Nathan en train de rigoler pour tout et pour rien, et la seconde d'après, je me retrouve devant chez moi. Nathan se tient face à moi en se grattant la nuque, comme s'il était gêné.

– On a réussi à passer une soirée sans se disputer, tu vois, remarque-t-il.

– Tu oublies notre désaccord sur *Taxi*, qui est juste la meilleure comédie française, je lui rappelle en rigolant.

– D'accord, je m'incline, dit-il avant de garder le silence un instant. Blue, est-ce que cette soirée t'a aidée à te décider par rapport à, tu sais… nous ? me demande-t-il, hésitant.

C'est étrange de le voir comme ça, d'habitude il est toujours tellement sûr de lui ! Je hoche la tête pour répondre à sa question, et pour toute réponse je m'approche de lui et l'embrasse passionnément. Il sourit contre mes lèvres avant de répondre à mon baiser. Nous ne nous étions pas embrassés depuis mardi, et même si cela peut paraître stupide, cela m'avait manqué. Nos lèvres se séparent, mais nos fronts restent collés.

– Il faut que je rentre, je murmure.

Il dépose un chaste baiser sur mes lèvres, puis me laisse partir. Avant de fermer la porte d'entrée, je me retourne vers lui en souriant ; il est appuyé sur sa voiture et attend de me voir disparaître derrière la porte. Je lui fais un signe de la main et ferme la porte à clé. Je me retourne et tombe nez à nez avec ma mère, qui m'attend de pied ferme.

– Alors, comment c'était ? Il a été gentil avec toi ? m'interroge-t-elle en s'approchant de moi.

– C'était génial, je te raconterai demain, dis-je en montant les escaliers.

– Blue, je sais que tu n'as pas forcément envie de me raconter ta vie amoureuse, mais avec ce qui s'est passé la dernière fois, j'ai le droit de m'inquiéter.

Je n'ai vraiment pas envie de répondre à son interrogatoire ; j'ai envie de rester sur mon petit nuage, au moins cette nuit. J'entends ma mère m'appeler d'en bas d'un ton furieux, mais je m'enferme dans ma chambre, avec encore et toujours ce sourire stupide, comme une adolescente de treize ans qui a embrassé son copain pour la première fois.

Je me mets en pyjama et prends mon téléphone pour répondre à Minho et à Léa, qui me demandent si j'ai conclu avec Nathan ou non. Je leur réponds que tout s'est bien passé et que nous sommes officiellement ensemble. Je reçois des félicitations de la part de Léa, mais Minho me met en garde pour la énième fois, tout en me félicitant froidement. Le fait que mon meilleur ami n'aime pas mon petit ami me contrarie, mais je suis décidée à faire ce que je veux, après tout.

Alors que j'éteins mon téléphone et me prépare à me coucher, quelqu'un frappe à ma fenêtre. Je tourne la tête et découvre Nathan qui me supplie de lui ouvrir. Je me lève et lui ouvre.

– Je te manque déjà ? je le charrie.

Il hoche la tête et ferme la fenêtre derrière lui.

Il m'attire contre lui tout en me faisant reculer vers le lit.

– Je peux dormir avec toi ? me demande-t-il d'une voix d'enfant.

– Juste dormir, l'avertis-je.

Il hoche la tête avant de me faire tomber sur le lit, sans que je m'y attende. Je lâche un petit cri de surprise alors qu'il enlève ses chaussures, son jean, ainsi que son tee-shirt.

– Arrête de baver, se moque-t-il.

Je lui jette un oreiller dessus avant de m'allonger. Il me rejoint et me prend dans ses bras. Nous nous endormons après avoir parlé pendant de longues heures.

8

Pendant le reste du week-end, je n'ai pas eu de nouvelles. Dimanche soir, il avait une course à faire. Je lui ai demandé en quoi cette course consistait, il m'a répondu par un simple « c'est rien, ne t'inquiète pas ». Sauf que j'ai commencé à m'inquiéter le lundi matin, quand je ne l'ai pas vu devant chez moi comme à son habitude. Je l'ai appelé, sans réponse. Alors je vais seule au lycée aujourd'hui. À mon arrivée, Minho s'empresse de me demander :

– Ton prince charmant n'est pas là ?

Pas de « bonjour ça va », ni rien. D'habitude, il est le plus accueillant le matin. Je lui réponds que je n'en ai aucune idée.

– Il doit sûrement te tromper, ajoute-t-il sèchement.

Ses propos me blessent, et Léa le remarque. Elle lui donne un coup de poing dans l'épaule. Soudain, deux bras entourent mes hanches, et l'odeur de Nathan me parvient.

– Qui trompe qui ? demande Nathan, complètement à côté de la plaque.

– Toi, tu me trompes apparemment, je lui réponds en fixant Minho.

– C'était une blague, commence Minho.

Je n'ai pas envie de l'écouter, alors je rentre dans le lycée, toujours contrariée. Nathan me suit et attrape ma main, me forçant à me retourner. C'est alors que je remarque ses blessures, aux mains ainsi qu'au visage. Ma main vient instinctivement caresser sa joue légèrement bleutée.

– Je ne te trompe pas, m'assure-t-il. Si j'étais en retard ce matin, c'est parce que j'avais une affaire à régler, et elle s'est résolue par un combat. Mais je préfère que tu en saches le moins possible et te laisser en dehors de mes histoires. Et je ne t'ai rien dit, parce que je ne voulais pas t'inquiéter. Tout va bien, me rassure-t-il. J'ai juste des courbatures et quelques bleus.

Il me prend dans ses bras tout en s'excusant.

– Pourquoi Minho t'a dit ça ? me demande-t-il, intrigué.

– Je ne sais pas, on dirait qu'il m'en veut de sortir avec toi, dis-je en me détachant de lui.

Il me prend par la main et nous marchons jusqu'à notre salle de classe. Ça me fait bizarre d'être si proche de lui, mais bizarre en bien. Pendant notre heure de cours, je demande à Minho ce qu'il a contre moi. Il n'a pas voulu me répondre, alors à la pause, je le suis pour lui demander de m'expliquer. Au bout de quelques minutes, il finit par me répondre.

– Ton copain est sorti avec mon ex-copine et lui a brisé le cœur. Je n'ai pas envie qu'il te fasse la même chose !

Je lui demande plus de détails.

– Elle s'appelle Alicia, on était en seconde, et ça faisait un mois qu'on sortait ensemble. On était à une soirée, elle et Nathan avaient pas mal bu, et ils se sont embrassés. Le lendemain, elle m'a largué puis est allée draguer Nathan sous mes yeux. Il lui a dit : « Désolé, mais je n'embrasse jamais deux fois la même fille. » Elle a pleuré toutes les larmes de son corps.

Savoir à quel point Nathan se fichait complètement des sentiments qu'éprouvait cette fille me déçoit, mais je ne sais pas quoi répondre à Minho, qui s'en va, me laissant toute seule, perdue dans mes pensées. Et si je n'étais qu'une parmi tant d'autres, moi aussi ?

Le reste de la journée, je suis un peu dans ma bulle et je passe du temps à la bibliothèque pour réviser. J'ai mis mon téléphone en mode silencieux pour ne pas être dérangée, et ai mis mes écouteurs. Alors que *Not afraid*, d'Eminem, résonne dans mes oreilles, quelqu'un s'assied à côté de moi. Je ne lève pas les yeux de mes fiches de philosophie. La personne d'à côté ôte un de mes écouteurs pour attirer mon attention. C'est Nathan qui me regarde, sourire aux lèvres.

– Tu sais pourquoi Minho t'en veut ? je lui demande.

– Non. De quoi tu parles ?

– Tu as brisé le cœur de sa copine, je lui explique.

– Léa ? La brune ? Je n'ai pas couché avec elle, se défend-il.

– Non, une autre.

– Et alors, c'était avant, non ? réplique-t-il.

– Tu lui as dit que tu n'embrassais jamais deux fois la même fille, est-ce que ça veut dire que tu vas me laisser tomber pour une autre ? je l'interroge franchement.

– Quoi ? Mais qu'est-ce que tu racontes… Je ne suis plus ce gars-là, je te l'ai dit.

– Comment je peux être sûre que tu me dis la vérité ? je l'interroge en retournant mon regard vers lui.

– Parce que toi et moi, on est un couple ! s'exclame-t-il un peu fort.

– Chut ! nous réprimande la bibliothécaire.

Nous nous taisons, mais mes yeux ne quittent pas les siens avant que je sois sûre qu'il est sincère. Je reprends l'écriture de mes fiches, tandis que Nathan prend l'écouteur qu'il m'avait enlevé quelques secondes auparavant, pour le mettre dans son oreille.

– Tu écoutes du rap américain ? Ça ne devrait pas me surprendre, tu es une dure à cuire, dit-il avec un rire.

Je lui donne une petite tape sur l'épaule, mais il n'arrête pas de rire pour autant. C'est tellement communicatif que je me mets moi aussi à rigoler, en silence. Quand nous nous calmons enfin, il pose ses lèvres sur les miennes avant que la sonnerie ne retentisse et nous annonce que nous devons partir. Dans le couloir, Minho m'appelle.

– Blue, je suis désolé. Je n'aurais pas dû te raconter ça tout à l'heure. Je te jure que je respecte votre couple, maintenant. Tu veux bien qu'on reprenne les révisions que l'on avait mises en place avant les vacances ?

Je lui pardonne, acceptant sa proposition avec grand plaisir. S'il m'aide autant qu'il m'a aidée pour le bac blanc, je vais très certainement avoir mon bac. En tout cas, je l'espère.

À la fin de nos deux semaines de révisions, pour faire une pause, Nathan me propose de passer le week-end chez lui, car son père n'est pas là. Ma mère a dans un premier temps refusé, mais après de longues négociations, et surtout grâce au fait que sa maison soit juste en face de la nôtre, elle a fini par accepter. Kylian passera le week-end chez l'un de ses amis.

Sa maison est plus spacieuse que la mienne. Même si la nôtre a un étage, elle est assez étroite, alors que la sienne est beaucoup plus vaste. Le salon est immense. Les murs sont clairs, ce qui donne de la lumière à la pièce et l'agrandit. Au milieu du salon se trouve un immense canapé noir, qui contraste parfaitement avec les murs.

Nathan prend ma main et me fait visiter. Après le salon, il continue par la cuisine, moderne et rouge foncé. Ensuite, il m'amène à l'étage pour me montrer sa chambre et la salle de bains. Je pose mon sac et nous redescendons pour manger. Il ouvre le four et en sort des beignets de poulet et des frites.

– C'est moi qui ai tout fait, dit-il.

– Tu as cuisiné, ou tu as commandé ? je l'interroge, connaissant pertinemment la réponse.

– OK, il se pourrait bien qu'un livreur se soit accidentellement perdu et qu'il m'ait livré des beignets de poulet et des frites, ainsi que toutes leurs sauces, car je n'ai aucune idée de celle que tu préfères… me répond-il.

En plus d'être beau, il me fait rire ! Il vient s'asseoir à mon côté. Après dîner, nous regardons les deux premiers *Taxi* puis on monte se coucher.

– Je n'aime pas quand tu passes autant de temps

avec Minho, déclare Nathan alors que je suis en train de me glisser dans le lit.

– Je rêve, ou tu es jaloux ?

– Oui, réplique-t-il d'une mine boudeuse.

– C'est mon meilleur ami, Nathan. Rien de plus, je le rassure.

Bien décidée à ce qu'il arrête de bouder, je l'embrasse passionnément. Ce baiser engendrera bien plus qu'une réconciliation…

Le lendemain, je me réveille dans les bras de Nathan. J'ai passé ma première nuit avec lui ! Je n'arrive pas à y croire. Si on m'avait dit ça il y a deux mois… Nathan est réveillé, lui aussi, mais nous ne sommes pas décidés à nous lever. On a donc continué à discuter pendant deux heures, c'était génial.

J'adore savoir que je peux vraiment parler avec lui, même si c'est compliqué quand on aborde le sujet de ses « activités ». Il se braque et continue de me promettre qu'il n'arrivera rien de grave, qu'il finira par arrêter bientôt, mais ça continue de me faire peur, alors j'essaye de ne plus y penser.

Les deux semaines suivantes ont encore été des semaines de révision, les dernières, pour être exacte ; ça tombe presque bien, du coup, car ça m'a permis de m'occuper l'esprit et de me concentrer sur les cours. J'ai un peu vu Nathan en dehors du lycée, mais j'ai surtout travaillé.

Je suis vraiment stressée. Nous sommes vendredi après-midi et nous assistons à notre dernier cours de mathématiques. J'essaye de retenir tous les conseils des professeurs ; j'ai franchement l'impression que ma tête est sur le point d'exploser, et ne parlons même pas de l'état de mon ventre. Je suis tellement stressée que je ne cesse d'avoir des nausées. Je n'ai rien avalé depuis hier soir, par peur de vomir, mais pour être sincère, je suis complètement épuisée, j'aurais dû manger au moins un bout de pain à midi.

– Ça va ? me demande Minho. Tu es toute blanche, ajoute-t-il.

Je n'ai pas le temps de lui répondre que tout devient trouble autour de moi. Je commence à avoir très chaud. J'entends Minho m'appeler par mon nom, mais sa voix est si lointaine… J'ai l'impression de tomber dans un trou sans fin, puis plus rien.

9

Je me réveille dans une chambre qui m'est complètement inconnue. Elle ressemble à une chambre d'hôpital. Les murs sont écrus, il y a une petite porte qui mène, j'imagine, à une salle de bains. Une douleur à l'intérieur de mon bras me fait tourner la tête. Je remarque une perfusion, ce qui me donne un haut-le-cœur. Je déteste les aiguilles.

Personne n'est à mon chevet, alors j'essaye d'atteindre le bouton d'appel. J'arrive difficilement à appuyer dessus, et deux minutes plus tard un médecin suivi d'une infirmière font leur entrée.

– Mademoiselle Stevens, contents de vous retrouver parmi nous ! s'exclame le médecin.

Sa voix grave et forte me donne mal à la tête et me fait grimacer de douleur.

– Qu'est-ce qu'il s'est passé ? je demande d'une voix faible.

– Vous étiez déshydratée et n'aviez rien dans l'estomac. Dans votre état, c'est assez grave, mademoiselle.

Dans mon état ? Quel état ? Mais de quoi parle-t-il ? Je demande en articulant difficilement :

– Pardon ?

– Vous n'êtes pas au courant ? m'interroge-t-il, surpris. Vous êtes enceinte, mademoiselle Stevens. Je comprends mieux la réaction de votre petit ami, maintenant.

Enceinte ? Mon cerveau se met sur pause instantanément. Mes yeux fixent ma blouse au niveau de mon estomac, et mes yeux s'embrument. Je ne peux pas être enceinte, pas maintenant. Je n'ai que dix-sept ans ! Et Nathan, qu'est-ce qu'il va dire ?

– Hein, quoi ? Mais comment je peux être enceinte ? Et… Comment a réagi mon copain ? je lui demande d'une voix tremblante.

– Eh bien, il a dit que ce n'était pas possible, puis il s'est mis à pleurer, raconte le docteur.

– Où est-il ?

– Dans le couloir, il discute avec des policiers.

– Quoi ? Mais pourquoi ?

Je suis totalement paniquée.

– Mademoiselle, nous avons trouvé des traces de maltraitance sur votre corps, des anciennes fractures mal réparées.

– Ce sont de vieilles blessures, et il n'a rien à voir avec ça ! je lui réponds sèchement.

– Nous avons compris que c'étaient de vieilles

marques, mais en cas de maltraitance, nous sommes obligés de prévenir la police.

– Je veux le voir, il faut que je lui parle.

– Calmez-vous, commence le médecin en s'approchant de mon lit.

– La seule façon de me calmer, c'est que je puisse lui parler, alors, au lieu de rester planté là à me regarder, allez le chercher ! dis-je en m'énervant.

Le médecin quitte la pièce avec l'infirmière. Je me laisse retomber sur mon oreiller et mes nerfs me lâchent. Les larmes dévalent mes joues sans que je puisse les retenir. Mais qu'est-ce qu'il s'est passé ? Nathan et moi, on s'est protégés, pourtant ! Je ne comprends pas comment c'est possible. C'est une catastrophe, je ne sais pas quoi faire. Et il va falloir que je dise la vérité à Nathan sur mon passé, car nous sommes liés maintenant. Et s'il voulait que j'avorte ? S'il me quittait ?

Je suis complètement paniquée. Je replie mes jambes et pose ma tête sur mes genoux pour essayer de calmer mes pleurs. La porte s'ouvre. Alors que je m'attends à voir Nathan, ma mère fait son apparition et court jusqu'à moi.

– Maman, je pleure en la prenant dans mes bras. Je suis désolée, je murmure tandis qu'elle me serre un peu plus contre elle. J'ai tellement peur, dis-je entre mes pleurs.

– Je suis là, mon cœur. Nous allons réfléchir

ensemble à ce qu'il faut faire. Je vais t'aider, il n'est pas encore trop tard.

– Comment ça, « il n'est pas encore trop tard » ? Je n'ai pas encore décidé de ce que j'allais faire, maman. Et si j'avais envie de le garder, qu'est-ce que tu dirais ? Tu as oublié ce que tu as vécu ?

Ma mère m'a eue à dix-huit ans, elle a appris qu'elle était enceinte la veille du premier départ de mon père. Mes grands-parents l'ont reniée, alors elle a emménagé chez la patronne du café dans lequel elle travaillait, qu'elle avait toujours considérée comme une mère, le temps qu'elle trouve un appartement. Elle a eu une vie assez dure pendant ses premiers mois de grossesse, surtout que mon père ne pouvait pas rentrer pour l'épauler. Je suis chanceuse de l'avoir comme mère, et elle devrait me comprendre au lieu de vouloir me convaincre d'avorter.

– Très bien, je te laisse te reposer, et nous en reparlerons plus tard. Mais tu devrais parler de Will à Nathan, me conseille-t-elle.

Elle essuie mes larmes, quand la porte s'ouvre une seconde fois. Mon cœur loupe un battement quand je vois apparaître Nathan, complètement essoufflé. Ma mère sort pour nous laisser parler tous les deux. Nathan avance timidement vers moi. Le seul mot qui sort de ma bouche est « désolée ».

– En moins de quelques minutes, j'ai appris que

j'allais être papa et que ma copine avait été battue. Je suis sous le choc, je ne sais pas quoi dire. J'ai tellement de questions qui me viennent à l'esprit que je ne sais même pas par quoi commencer, dit-il en s'asseyant sur mon lit.

Je prends une grande inspiration et me lance dans mon explication.

– Nathan, avant de prendre la moindre décision concernant le bébé, tu dois connaître mon passé. Il est temps que je te raconte enfin ce qui m'est arrivé. Il y a deux ans, j'ai rencontré un garçon. Il venait tous les jours à la même heure au café où je travaillais comme serveuse, et il s'asseyait à la même table. Au bout d'un mois, il s'est enfin décidé à m'adresser la parole. Il m'a proposé un rendez-vous. Il était plus âgé mais il me plaisait, alors j'ai accepté le rendez-vous, et au bout de quelque temps, nous avons fini par sortir ensemble.

– Comment s'appelait-il ? demande-t-il.

– Will. Will Simon.

Le corps de Nathan se crispe. Je n'y fais pas attention et je continue mon récit.

– Au début, tout se passait bien, jusqu'à ce qu'un jour, je trouve un sachet de drogue dans sa chambre. Cela faisait quatre mois que nous étions ensemble. Quand je l'ai interrogé sur ce sachet, il m'a promis qu'il ne faisait qu'en vendre.

« Puis il a commencé à changer de comportement.

Il devenait complètement parano, bipolaire et violent. Il me frappait quand il n'avait plus de drogue, il pensait que je lui en volais. Ensuite il redevenait normal, comme s'il ne s'était rien passé. Il a réussi à m'embarquer dans son trafic. Je ne voulais pas en vendre, mais il m'a menacée de tout raconter à mes parents si je ne le faisais pas. J'étais terrifiée, alors j'ai accepté. Il disait que si j'allais le dénoncer à la police, je tomberais avec lui. Alors je n'ai rien dit à personne, et j'ai vendu de la drogue pour son compte pendant des mois. »

Mes larmes ne cessent de couler, mais je continue mon récit alors que la main de Nathan vient caresser ma joue et essuyer mes larmes.

– Un jour, il m'a frappée bien plus violemment que d'habitude, et je n'ai pas pu me soigner seule. Mon nez, mes côtes, mes bras, tout mon corps me faisait mal. Je suis rentrée chez moi et j'ai trouvé mon père qui voulait me faire la surprise de son retour, il m'attendait dans l'entrée avec des ballons et un cadeau. Quand il a vu que j'étais très mal en point, il a couru vers moi et je me suis écroulée dans ses bras. J'ai perdu connaissance et je me suis réveillée le lendemain à l'hôpital, mes parents à mon chevet.

« Dans la journée, des policiers sont venus me poser des questions et je leur ai tout raconté. Je préférais finir ma vie en prison plutôt que de passer une seconde de plus au côté de Will. Ça aurait dû s'arrêter là. Mais non, Will était introuvable. Mon père s'était mis en tête de mettre la main sur lui, alors il est allé chez lui, au café, aux endroits où il traînait habituellement, mais ne l'a pas trouvé.

« Il n'avait pas à chercher bien loin, puisqu'il était chez nous. J'étais seule chez moi quand Will est apparu dans ma cuisine. J'ai cru qu'il allait me tuer, j'étais complètement terrifiée. Mais, heureusement, mon père est arrivé. Quand je l'ai entendu, j'ai cru que j'étais saine et sauve. Mais c'était avant que j'entende un coup de feu. Mon père n'a jamais reçu une balle de toute sa carrière militaire, et cette nuit-là, il en a pris une à cause de moi. Il est resté deux mois dans le coma, il n'a même pas pu être présent au procès. Heureusement, Will a été arrêté cette nuit-là. »

Je déglutis difficilement. J'arrive à peine à parler, les mots sortent difficilement de ma bouche. Je lutte contre les sanglots, il faut que je continue.

– Et voilà pourquoi je ne pouvais pas te dire qui j'étais, Nathan. Le jour du procès, j'étais tellement nerveuse que mes jambes tremblaient et ma gorge était nouée. C'était la première fois que j'allais revoir Will, depuis la nuit où il avait tiré sur mon père. Je n'avais pas peur de témoigner, puisque j'avais l'immunité totale après avoir tout raconté à la police, balancé les hommes de Will et aidé les policiers à démanteler son réseau. Mais j'avais peur de me retrouver face à lui.

« Tout au long de mon témoignage, j'ai évité son regard. Lors de la délibération des jurés, on nous a demandé de rester dans la salle, car cela ne devait pas prendre beaucoup de temps. Effectivement, les jurés sont revenus quelques minutes plus tard. Ils ont reconnu que Will était coupable et l'ont condamné. À cet instant précis, Will a pété les plombs. Il a jeté à terre le dossier de son avocat et a foncé sur moi. Mais avant qu'il n'ait pu m'atteindre, deux policiers l'ont maîtrisé et l'ont amené en cellule. Juste quelques secondes avant qu'il ne disparaisse de ma vie pour de bon, il m'a fait une promesse. Il a dit, mot pour mot : "Chérie, je te promets que tu vas souffrir."

« Lors de son transfert en prison, il a réussi à s'échapper avec l'aide de quelques hommes à lui. Alors, ma famille et moi avons été placées sous protection, on a intégré un programme de protection de témoins. J'ai suivi un entraînement intensif d'autodéfense. Et c'est là qu'Anabella entre en scène. C'est elle qui m'a entraînée, nous sommes devenues les meilleures amies du monde, un peu comme des sœurs. Mais elle a changé. Visiblement Will a réussi à lui faire rejoindre son camp pendant qu'il était en cavale. Il lui a retourné le cerveau, et elle est persuadée que je suis le diable en personne.

« Ensuite, j'ai dû changer physiquement ; je me suis teint les cheveux en bleu, et j'ai commencé à porter des lentilles de la même couleur. J'ai aussi changé d'identité, comme toute ma famille, puis nous avons déménagé. Un nouveau départ sans drogue, sans violence, et sans Will. »

– C'est pour ça que tu me tenais toujours à l'écart, dit Nathan tout bas. Je comprends mieux.

Il a les yeux dans la vague et a l'air complètement choqué par ce que je viens de lui révéler. Moi, je me sens mieux, bizarrement. Je ne crains même pas le jugement de Nathan, je suis juste heureuse de lui avoir dit tout ce que je cachais depuis si longtemps.

– Oui. Je ne voulais pas revivre mon passé, Nathan, je murmure.

– Je comprends, mon cœur. N'aie pas peur de moi. Je ne lèverai jamais la main sur toi et je te tiendrai à l'écart de toutes mes activités.

Il me prend dans ses bras et dépose des petits baisers sur mon visage.

– Est-ce que c'est Will qui t'a envoyé la lettre la dernière fois ? demande-t-il.

– Je pense, oui, et il m'en a aussi envoyé d'autres avant celle-là. J'ai mis du temps à comprendre que c'était lui. Au début, je pensais que c'était toi, ou Anabella. Je ne voulais pas croire qu'il puisse revenir dans ma vie. Mais je n'ai aucun moyen d'en être sûre, je réponds d'un ton absent.

Cela fait longtemps que je n'ai pas reçu de lettres, mais j'ai l'intime conviction que je ne vais pas tarder à en recevoir une. J'essaye de ne pas y penser, et je serre Nathan un peu plus fort.

– En ce qui concerne le bébé, sache que, quelle que soit ta décision, je te soutiendrai, murmure-t-il à mon oreille.

– Quand Will m'a battue pour la dernière fois, il m'a tellement donné de coups dans le bas du ventre que je ne pensais pas pouvoir avoir d'enfants. Alors, même si c'est trop tôt pour en avoir un, je ne vais pas avorter. J'ai pris ma décision. Je comprendrais que tu ne veuilles pas assumer d'être père, parce que c'est trop…

Il me coupe la parole en m'embrassant. Je pose instinctivement mes mains sur ses joues. Mes larmes cessent immédiatement de couler. Nous nous séparons, et Nathan me fait un sourire réconfortant.

– C'est vrai qu'on est un peu jeunes, et que c'est tôt pour avoir un enfant. On ne se connaît pas depuis longtemps, en plus. Mais tu pensais vraiment que j'allais te laisser seule pour élever notre enfant ? J'ai mis du temps à t'avoir, alors ne t'attends pas que je te laisse tomber, murmure-t-il en déposant un baiser sur mon front.

Ses paroles me réchauffent le cœur et, pour la

première fois depuis deux ans, je me sens en sécurité, grâce à lui. Je suis enfin moi-même, et je suis soulagée de lui avoir tout avoué. Plus besoin de secrets. Je me sens libérée d'un poids si lourd ! J'ai enfin l'impression de pouvoir de nouveau faire confiance à quelqu'un.

10

Malgré la nouvelle de ma grossesse, qui m'a complètement paniquée au début, j'ai pu reprendre le cours d'une vie « normale », ou la plus normale possible, disons. À ma sortie de l'hôpital, Nathan a été très présent, très attentionné avec moi et très concerné par mon état.

Je ne me suis pas encore arrondie, mais Nathan me regarde quand même sous toutes les coutures tous les matins, espérant voir un petit ventre rond. C'est assez drôle, et très mignon surtout.

J'ai pu reprendre mes révisions, et même si je ne m'en sentais pas capable, j'ai pu passer les épreuves du bac assez sereinement, finalement. Je pense même avoir réussi, j'avoue que ça me rassure. Et c'est enfin les vacances ! J'ai cru qu'elles n'arriveraient jamais. Pour fêter la fin des épreuves et la fin de l'année, ce soir on va à une soirée organisée par un mec populaire du lycée, le genre qui a plein d'argent et plein d'amis.

Je vais profiter de cette soirée pour annoncer la nouvelle à Minho, Léa et Cameron. Je m'habille simplement, un jean et un tee-shirt. Nathan est devant la maison et m'attend dans sa voiture. Avant que je parle, ma mère hurle depuis la cuisine :

– Pas d'alcool pour toi ! me rappelle-t-elle.

– T'inquiète, maman. Bonne soirée ! dis-je avant de fermer la porte et de me précipiter vers Nathan.

Après des heures et des heures d'explications avec ma mère, elle a fini par comprendre mon choix. « Tu sais que tu vas devoir arrêter tes études pour le moment ? Et où est-ce qu'on va mettre le bébé ? Il dormira dans ta chambre ? Et Nathan, il va continuer ses études, lui ? Il faut que j'aie une discussion avec ses parents. »

Et bla-bla-bla… J'entendais ma mère me répéter la même rengaine tous les jours. Ça n'a pas été facile, parce qu'elle s'inquiète pour moi, mais à présent je sais qu'elle me soutient à cent pour cent.

J'embrasse Nathan avant qu'il démarre. Nous ne mettons que quelques minutes pour arriver à la fête. Minho, Léa et Cameron nous attendent avec Ethan, Hugo et Anabella. Avant de descendre de la voiture, je prends une grande inspiration.

– On leur dit avant de rentrer ? je lui demande.

– Oui. Je parle, ou tu parles ? m'interroge-t-il.

– Toi, je réponds simplement.

Nous sortons donc de la voiture et avançons main dans la main vers nos amis.

– Ah, enfin ! On a cru que vous alliez faire des enfants dans la voiture, lance Hugo en rigolant.

– Non, c'est bon, Blue est déjà enceinte, de toute façon, réplique Nathan.

L'éternel manque de tact de Nathan. J'aurais dû annoncer moi-même la nouvelle. Minho me fixe sans rien dire, alors que Léa me saute dans les bras en poussant des cris de joie, suivie de Cameron.

– Doucement, faites attention à son ventre, les avertit Nathan, un peu surprotecteur.

Minho ne réagit toujours pas. Je le fixe, mais il évite de me regarder. Ethan ainsi que Hugo félicitent Nathan alors qu'Anabella se dirige vers moi. Je me demandais déjà ce qu'elle pouvait bien faire là, mais la voir s'approcher de moi me surprend encore plus. Elle pousse mes deux amis et me prend dans ses bras.

– Je croyais qu'il avait ruiné tes chances d'avoir un enfant, dit-elle sèchement.

– Eh ! bien apparemment non, je réplique sur le même ton.

Nous nous séparons et nous nous rendons un sourire faux. Je m'avance vers Minho, qui a toujours la tête baissée, et n'ose toujours pas me regarder.

– Je sais que dix-sept ans, c'est trop jeune pour avoir un enfant, mais je ne compte pas avorter, je déclare. Et je ne comptais pas faire d'études, Minho. L'école, ce n'est pas pour moi, et on le sait tous les deux, j'essaye de le rassurer.

– Même si l'école, ce n'est pas ton truc, tu n'étais pas obligée de tomber enceinte, réplique-t-il.

– C'était un accident, Minho. Moi aussi, j'aurais préféré avoir un enfant plus tard. Ça serait sympa que mon meilleur ami m'épaule dans cette épreuve. Même ta copine m'a félicitée, j'ajoute.

– Parce qu'elle adore les enfants et ne pense pas à toutes les conséquences. Tu comptes le nourrir avec quel argent ? Vous allez emménager ensemble ? Est-ce qu'il y a assez de place chez l'un de vous deux pour faire une chambre d'enfant ? Tu as pensé à tout ça ? Vos familles ont discuté ensemble sur le sujet ?

– Non, nous n'avons pas encore réfléchi à tout ça ! je m'exclame. Nous avons préféré laisser passer les épreuves du bac pour que je ne subisse pas trop de stress. Mais on va tout faire pour que ça fonctionne, et j'aimerais bien savoir que je peux compter sur toi aussi. Que nous sommes toujours amis.

– Bien sûr, Blue. Je m'inquiète, c'est tout. Mais si c'est ce que tu veux, alors je suis content pour toi, me dit-il en me regardant enfin dans les yeux. Toi, prends soin d'elle, dit-il en s'adressant à Nathan qui nous a rejoints.

– Ne t'en fais pas pour ça, répond Nathan froidement.

Léa rejoint Minho, et nous décidons de rentrer à l'intérieur.

– Tu ne t'approches pas du bar, princesse, me susurre Nathan.

– Dommage, moi qui voulais me saouler au mojito, dis-je en riant.

– Tu vas devoir te tenir loin des mojitos pendant neuf mois, et je te surveillerai, m'avertit-il avec sérieux.

Je hoche la tête avant de sortir avec les autres dans l'immense jardin. La musique résonne dans mes oreilles et les gens dansent n'importe où. Une bonne soirée s'annonce. Léa et moi nous nous mettons à chanter et à danser. Ça fait un bien fou de décompresser après ces épreuves. Elle retourne se chercher un verre, alors je rejoins Nathan, qui se trouve avec Hugo. Ce dernier se penche à mon oreille.

– Je voulais m'excuser pour la dernière fois. Je n'étais pas dans mon état normal, me dit-il par-dessus la musique.

Mais avant que j'aie pu accepter ses excuses, Cameron apparaît de nulle part, et lui donne un coup de poing dans le nez. Nathan me tire en arrière, m'éloignant de la bagarre, tandis qu'il essaye avec Ethan de séparer Cameron et Hugo. Hugo a l'air complètement désemparé.

– C'était qu'un jeu, espèce de con, l'insulte Cameron.

Ethan et Nathan les traînent jusqu'à l'extérieur de la propriété, tandis que je me retourne vers Minho et Léa pour leur demander ce qu'il vient de se passer. Eux non plus ne comprennent pas pourquoi Cameron s'est jeté sur Hugo. Anabella arrive vers nous et éclate d'un rire méchant.

– J'ai toujours aimé les disputes de couple, se réjouit-elle.

– De quel couple tu parles ? demande Minho.

– Hugo et Cameron.

Nos mâchoires se décrochent. Elle doit sûrement nous faire une blague. Hugo et Cameron se détestent ! Ils se battent constamment et n'arrivent même pas à se parler normalement sans s'insulter.

– Vous ne le saviez pas ? reprend Anabella, fière de son annonce. Pourtant, ça se voit à des kilomètres à la ronde. Ils sont jaloux quand l'un d'entre eux danse avec une fille, et quand un des deux dérape, il n'y a que l'autre qui puisse le contrôler. Ils passent leurs soirées à se fixer, ne me dites pas que vous n'aviez jamais remarqué ?

À ces mots, des souvenirs de la dernière soirée en date me reviennent. Hugo et Cameron ne s'étaient pas quitté du regard une seconde. Quand j'avais dansé avec Cameron, Hugo avait immédiatement quitté la fête. Quand Hugo m'a « agressée » dans la rue, c'est Cameron qui lui a demandé d'arrêter. Et quand j'ai demandé à Nathan ce qu'il se passait entre les deux, il m'a répondu que c'était compliqué. Je croyais qu'il n'y avait que de la haine entre eux. Décidément, entre l'amour et la haine, il n'y a qu'un pas…

Quelques minutes plus tard, Nathan revient seul.

– Où sont les autres ?

– La bagarre a dégénéré, et Cameron a perdu connaissance. Il n'y a rien de grave, mais Ethan et Hugo l'amènent à l'hôpital, m'informe-t-il.

– Il va bien ? je m'empresse de lui demander.

– Oui, ne t'inquiète pas, il a seulement pris un mauvais coup, me rassure-t-il.

Tout à coup, je suis complètement épuisée. Entre ce qu'il s'est passé ces dernières semaines, ma grossesse, les épreuves du bac et cette révélation, c'est trop ! J'ai l'impression que je vais tomber de fatigue d'une seconde à l'autre. La bagarre a plombé l'ambiance de la soirée, et j'ai envie de partir. Je demande à Nathan de me ramener chez moi, je n'en peux plus. À peine suis-je couchée que mes yeux se ferment et que je sombre instantanément dans un sommeil sans rêves.

Le lendemain, je me réveille dans les bras protecteurs de Nathan. Voyant qu'il dort encore, je me lève tout doucement et vais préparer le petit déjeuner dans la cuisine. Ma mère est déjà partie au travail, et je préfère ça, parce que ça m'aurait gênée qu'elle voie Nathan à son réveil.

Quelques minutes plus tard, il me rejoint. Je fronce les sourcils en voyant son air inquiet, avant de me rendre compte qu'il tient une enveloppe dans la main. Il m'embrasse sur la joue et me murmure à l'oreille que l'enveloppe était glissée sous la porte. Je la lui prends des mains et l'ouvre.

Je crois que ce bracelet t'appartient, je voulais juste qu'il te revienne. Tu te rappelles sa signification ? Je l'espère, parce que ce bracelet m'avait coûté la peau du cul. On va se revoir très bientôt, princesse. Joyeux anniversaire en avance, et félicitations pour ton enfant. Mais fais attention, les accidents arrivent si vite !

Mes mains tremblent et j'arrive à peine à sortir le bracelet de l'enveloppe. Des larmes me montent aux yeux. Il va revenir.

– Blue, qu'est-ce qu'il se passe ? me demande Nathan, inquiet.

S'il m'a envoyé ce bracelet, ce n'est pas pour rien. Will me l'avait offert la première fois qu'il m'avait avoué son amour, mais aussi pour me faire comprendre que je lui appartenais. À l'époque, je n'avais pas encore compris à quel point j'étais liée à lui. Ce bracelet a signifié ma descente aux enfers.

– Tout va bien ? me demande encore Nathan, inquiet.

– Oui, oui, ça va.

Je mens pour ne pas inquiéter Kylian, qui est juste derrière moi en train de manger.

Je sors de la pièce et tends le bracelet avec la lettre à Nathan pour qu'il la lise. Quand il a fini, il la pose sur le plan de travail en tremblant. Tous ses muscles sont tendus, alors je lui caresse le bras pour qu'il se décontracte.

– C'est lui, n'est-ce pas ? Il faut le dire à la police, commence Nathan.

– On en reparlera après. S'il te plaît, faisons comme si de rien n'était devant Kylian, je n'ai pas envie de l'inquiéter.

Il hoche la tête et se passe les mains sur le visage, comme s'il essayait de se réveiller d'un cauchemar. Je plie la lettre et la mets dans ma poche, tenant le bracelet du bout des doigts. Je n'ai aucune envie de le mettre, il me fait horreur, mais je me retiens de le jeter à la poubelle. On ne sait jamais, je devrais peut-être montrer ces preuves à la police plus tard. Je ne cesse de regarder le bracelet. Il est composé de pierres bleu foncé, il est vraiment magnifique.

Dommage qu'il me rappelle tant de mauvais souvenirs…

– Kylian, monte dans ta chambre, s'il te plaît. Je dois parler avec Nathan.

Il ne proteste pas et monte l'escalier en courant.

– Il t'a menacée, Blue, toi et notre bébé, reprend Nathan là où il s'était arrêté. Il faut en parler aux flics, s'emporte Nathan. Il devrait prendre perpète, ajoute-t-il.

– Si nous le disons à la police, Will l'apprendra d'une façon ou d'une autre et on ne pourra jamais lui mettre la main dessus, puis il reviendra avec des intentions encore plus mauvaises que celles qu'il a déjà. Et si je le dis à ma mère, elle va complètement flipper. J'ai peur qu'elle veuille me mettre à l'abri, et qu'on soit séparés, toi et moi. Je ne le supporterais pas.

Nathan a l'air désemparé, il est impuissant face à cette situation. Pour une fois, il ne peut pas tout contrôler ni régler les choses à sa façon. Il fait les cent pas en soufflant.

– Et si nous partions pour quelques jours ? Pour se faire discrets. Si tu ne veux pas prévenir la police, on peut au moins essayer de fuir. Ma mère a une maison près de la mer, ça pourrait nous permettre de prendre du recul, loin de ce fou et de toute cette histoire.

Ce n'est pas une mauvaise idée, ça nous permettrait

de nous reposer et de discuter plus sérieusement du bébé. La discussion que j'ai eue hier avec Minho m'a fait l'effet d'un électrochoc.

La voix de Nathan me tire de ma réflexion.

– Alors, tu veux bien ? demande-t-il. On pourrait y passer cinq jours, et voir ensuite si on peut y rester plus longtemps. Je t'en supplie, demande à ta mère si tu peux partir dès demain, je n'ai pas envie d'attendre.

– Oui, t'as raison, ça va nous faire du bien. J'en ai assez, de tout ça. J'appelle ma mère pour lui demander.

Ma mère hésite au début, mais finit par céder quand je lui dis que c'est pour faire le point au sujet du bébé. Elle est d'accord, à condition que je trouve quelqu'un pour garder Kylian. Je m'arrange avec la mère d'un des copains de mon frère, qui accepte qu'il dorme chez eux. Quand j'annonce à Kylian qu'il va passer quelques jours chez Théo, il est évidemment surexcité, et se dépêche de préparer son sac. Je suis soulagée, je vais pouvoir prendre un peu de distance avec tout ça, et passer du temps seule avec Nathan.

11

Le lendemain, je me prépare rapidement. Je dis au revoir à ma mère et à Kylian, et sors retrouver Nathan qui est en train de charger ma valise dans le coffre. Nous nous dépêchons de nous mettre en route. Dans la voiture, je lui demande une dernière fois s'il est sûr que ça ne dérange pas ses parents qu'on aille chez eux, et sa réponse me prend de court.

– Tu sais, Blue, ma mère est morte il y a trois ans. C'est elle qui m'a élevé et, depuis sa mort, je suis censé vivre avec mon père mais il se fiche complètement de ce que je fais et d'où je vais, déclare-t-il tristement.

– Je suis désolée, je ne savais pas, je bégaye, gênée.

– Ce n'est pas grave, tu ne pouvais pas savoir que j'ai un père merdique. Tu ne pouvais pas non plus savoir que je n'ai plus ma mère.

On reste silencieux quelques secondes. Je vois

bien que ça l'a rendu triste de parler de sa mère, et je ne sais pas quoi dire pour reprendre la conversation.

– Est-ce que ta mère se comportait comme ton père ? je l'interroge.

– Non, c'était tout le contraire. Elle m'aurait donné l'univers tout entier si elle avait pu, dit-il avec un sourire triste.

– Parle-moi d'elle.

– Elle était pianiste et était assez connue dans le monde de la musique. C'était une très bonne musicienne. Elle avait réussi à gagner sa vie en jouant du piano, et elle la gagnait très bien, ajoute-t-il. La maison est à elle. Elle m'a élevé toute seule. Mon père, qui est avocat, était toujours fourré à son cabinet ou entre les jambes d'une de ses secrétaires. C'était une femme formidable et elle a épousé un connard, conclut-il sèchement. Si elle savait que je participe à des combats illégaux et que je trempe dans un trafic de drogue, elle ne serait pas fière de moi. Je suis certain que vous vous seriez bien entendues toutes les deux.

– Vu ce que tu me dis, je suis sûre que je l'aurais adorée.

Son visage s'éclaire, mais cette fois-ci, d'un franc sourire. Au bout de quelques minutes de silence, il reprend un air sérieux, et je vois que quelque chose le préoccupe.

– Tu comptes faire quoi, avec les lettres de Will ? m'interroge-t-il.

– Je te l'ai déjà dit, je ne sais pas trop pour l'instant.

– Si tu en parlais à la police, ils ne pourraient pas te faire disparaître à nouveau, mais cette fois avec moi ?

– On ne va pas disparaître à cause de quelques lettres.

– Ce ne sont pas juste quelques lettres, Blue ! Ce sont des menaces claires.

– C'est vrai, mais je ne peux pas demander à ma famille de tout quitter à nouveau.

– Et si nous partions seulement tous les trois, toi, moi et le bébé ?

– J'ai déjà pensé à cette hypothèse, mais tu serais vraiment prêt à quitter tout ce que tu as ici pour moi ? je l'interroge.

– J'ai assez d'argent pour subvenir à nos besoins pendant trois ans, et je pourrais trouver un travail clean. Toi, tu pourrais être serveuse dans un café comme tu le fais déjà. On louerait un petit appartement ou on n'aurait qu'à s'installer dans la maison de ma mère, propose-t-il. On s'en sortirait très bien, m'assure-t-il.

Je suis heureuse de voir qu'il est prêt à changer, mais je ne pense pas que je serais capable de laisser ma mère et Kylian seuls, sans mon père pour veiller sur eux.

– On en reparlera, Nathan. J'ai besoin de réfléchir, parce que ça n'implique pas que moi. On peut parler d'autre chose s'il te plaît ? Raconte-moi plutôt ce qui se passe avec Cameron et Hugo.

– C'est compliqué, répond Nathan. Hugo et Cameron s'aiment, mais il n'y a qu'eux qui ne le voient pas. Ils font tout pour se rendre jaloux, mais aussi tout pour se protéger l'un l'autre. Ils se disputent tout le temps, mais parce qu'ils tiennent l'un à l'autre. Je ne crois pas qu'ils soient attirés par d'autres garçons, mais il n'y a que Cameron qui compte aux yeux de Hugo, et réciproquement. Ils se sont même déjà embrassés en soirée. Hugo a fini par se rendre compte qu'il voulait vraiment être avec Cameron à la soirée d'hier. Il a donc décidé de lui révéler ses sentiments aujourd'hui, conclut Nathan.

– Je ne sais pas comment j'ai fait pour ne pas voir leur attirance, dis-je, stupéfaite. Mais tant mieux pour eux, s'ils se sont enfin avoué qu'ils voulaient être ensemble ! Un peu comme nous, j'ajoute en caressant la joue de Nathan.

Quand nous arrivons enfin à la maison, j'en prends plein les yeux. Même si c'est une petite maison, elle a un accès privé à la plage ! Nathan sort les valises du coffre et me fait entrer. C'est mignon, l'intérieur est vraiment accueillant et lumineux. L'entrée donne directement sur le salon qui s'ouvre sur une petite cuisine. Il m'amène jusqu'à notre chambre, où nous déposons nos affaires.

– C'était la chambre de ma mère, m'explique-t-il. On ne peut pas dormir dans ma chambre, parce que c'est une chambre d'enfant avec un lit à une place.

– Tu veux dire que ta chambre est restée dans le même état que quand tu étais petit ? Je peux la voir ? je lui demande, impatiente.

– Non, parce que tu vas te moquer de moi.

Je ne l'écoute pas et commence à ouvrir toutes les portes. Je finis par trouver celle de sa chambre. Il tente de m'empêcher d'y entrer, mais j'essaye de le contourner du mieux que je peux, le temps d'apercevoir des posters de Pokémon et de Marvel. J'imagine Nathan à l'âge de Kylian, en train de jouer aux Pokémon tout en se prenant pour Superman. Il devait être tellement mignon !

– Tu aimais les Pokémon, c'est trop chou ! je le charrie.

Ce que je viens de dire le déstabilise, et j'en profite pour rentrer dans sa chambre et regarder d'un peu plus près ; il essaye de me faire sortir, mais c'est trop tard. Je m'assieds sur son lit et regarde tout autour de moi. Nathan s'allonge à côté de moi et fixe le plafond. Il doit se rappeler tous ses souvenirs d'enfance.

Soudain, mon regard se pose sur un cadre. Sur

la photo, on voit un petit garçon qui, j'en déduis, est Nathan, sur les genoux d'une femme. C'est sûrement sa mère, elle est blonde aux yeux verts. J'imagine que c'est d'elle que Nathan tient ces yeux émeraude. Ils ont le sourire aux lèvres tous les deux, pas un sourire forcé de ceux des photos, non, un vrai sourire heureux.

Nathan se lève et m'embrasse sur l'épaule. Je n'ose pas lui poser de question concernant cette photo, j'ai compris qu'il n'avait pas envie de parler de sa mère.

– On va se baigner ? me propose-t-il.

Je hoche la tête et nous allons mettre nos maillots. Je cours vers l'eau, et j'entends Nathan derrière moi :

– C'est cool de pouvoir admirer ma copine en maillot de bain !

Quand il arrive à ma hauteur avec un sourire en coin, je remarque un tatouage sur sa cheville droite, que je n'avais pas vu. Il est inscrit « A. R. »

– Ça veut dire quoi, ces initiales ?

– C'est pour Amanda Rey, le nom de ma mère, répond-il.

Et voilà, j'avais essayé d'éviter le sujet dans la chambre, et là je mets les pieds dans le plat. Je ne réplique rien, gênée, et entre dans l'eau en courant. Nathan me suit de près. Il me fixe bizarrement et s'avance lentement vers moi.

– Pourquoi tu me regardes comme ça ? je lui demande, intriguée.

– Tu as une guêpe dans les cheveux.

En moins de trois secondes, je plonge sous l'eau. Je sens alors deux mains m'entourer le visage et des lèvres embrasser les miennes. Je suis tout d'abord surprise, mais je réponds à son baiser. On remonte à la surface, et je passe mes bras autour de sa nuque.

– J'avais pas de bête dans les cheveux, pas vrai ?

– Pas du tout, dit-il en riant.

Nous passons la journée à jouer comme des enfants dans l'eau. Le soir, on a une discussion mouvementée concernant notre avenir, et celui du bébé revient sur le tapis.

– On pourrait vraiment refaire notre vie ici loin de Will, dit Nathan.

– Je sais que ce serait super pour nous, mais je ne peux pas laisser ma famille comme ça. Nathan, tu ne sais pas ce que c'est de tout quitter, de changer d'identité, de surveiller tout ce que tu dis pour ne pas qu'on fasse de lien avec ton ancienne vie. C'est tellement oppressant ! Et Will nous retrouvera, où qu'on aille. Il m'a retrouvée une fois, donc rien ne l'empêchera de me retrouver ici aussi.

– Cette fois-ci, je serai là pour te protéger, Blue. Je ne t'abandonnerai pas.

– Mon père aussi a voulu me protéger l'année dernière. Et regarde ce qui lui est arrivé. Nous ne pouvons pas prendre cette décision à la légère. On en reparlera, parce qu'il faut que l'on soit sûrs de faire le bon choix.

Le lendemain, au lieu d'être réveillée en douceur par Nathan, comme d'habitude, c'est mon téléphone qui bipe à côté de mon oreille.

C'est un SMS d'un expéditeur inconnu.

> Je t'ai fait peur, et tu prends la fuite… Tu devrais faire attention à ton petit frère, Blue. D'ailleurs je lui ai confié une petite enveloppe. Il te la donnera quand tu rentreras. Enfin, si tu rentres avant que je ne décide de m'en prendre à lui.

Un second message apparaît sur mon écran. C'est une photo de Kylian en train de jouer au parc avec son copain. À cet instant précis, mon monde s'écroule.

Je me retourne et tends le téléphone à Nathan, je vois ses yeux s'agrandir au fur et à mesure qu'il lit le texto.

– C'est horrible, Nathan, il va faire du mal à mon frère ! Il faut qu'on rentre immédiatement. Vite ! Range les affaires, il faut qu'on se bouge !

Je me précipite dans la salle de bains et prends la douche la plus rapide de toute ma vie. Je m'habille aussi rapidement que je me suis douchée. Nathan entre dans la salle de bains pour me dire que les sacs sont rangés et qu'il est prêt à partir.

– Calme-toi, mon cœur, ça va aller. Il ne lui arrivera rien. Je suis avec toi, maintenant.

Nathan est étrangement calme. Il essaye de me rassurer, mais au contraire, ça me fait hurler.

– Quoi ? Que je me calme ? Will vient clairement de menacer Kylian. Donc non, ça ne va pas du tout aller. Je ne supporte pas de savoir que ce malade mental s'est approché de mon petit frère et qu'il lui a adressé la parole. Tu imagines, s'il lui fait du mal ? S'il ne touche qu'à un seul de ses cheveux, je m'en voudrais toute ma vie. Je ne peux pas le laisser faire. Je vais appeler ma mère, je vais tout lui expliquer et lui demander d'aller chercher Kylian.

À l'idée que Will puisse faire du mal à ma famille, je tremble de peur. Je réussis à retenir mes sanglots, alors que Nathan me prend dans ses bras pour essayer de me réconforter. Je saisis mon téléphone et appelle ma mère. L'angoisse a envahi tout mon corps. Mon estomac se tord un peu plus quand je compose le numéro. Je sais qu'elle va être furieuse, mais je le mérite. J'aurais dû prendre ces lettres au sérieux et lui en parler tout de suite. Nous n'en serions pas là aujourd'hui.

– Coucou ma puce, tes vacances se passent bien ? me demande ma mère, de bonne humeur.

– Maman, j'ai fait une bêtise, laisse-moi t'expliquer

et ne me coupe pas, c'est grave. Il y a quelques semaines, j'ai commencé à recevoir des mots anonymes. Il se trouve que l'expéditeur me connaissait d'avant… Au début, j'ai cru que c'était Anabella puisque je l'ai croisée à une fête. Au fur et à mesure, j'ai compris que ce n'était pas elle, mais Will. Et là, il vient de m'envoyer un message dans lequel il dit que je dois rentrer, sinon il fera du mal à Kylian. Il lui a même donné une lettre pour moi. Il faut que tu ailles le chercher tout de suite pour le mettre en sécurité. On rentre avec Nathan, dans deux heures on sera là.

– Quoi ? Mais enfin, qu'est-ce que tu attendais ? Tu aurais dû m'en parler avant ! crie-t-elle, furieuse. Imagine s'il avait fait du mal à Kylian !

– Je suis tellement désolée, maman.

– Bon, essayons de garder notre calme. Je vais le chercher, et quand tu rentreras, nous aurons une discussion toutes les deux. Je vais prévenir le policier qui est chargé de notre dossier, pour voir ce qu'il veut qu'on fasse.

Je n'ai pas le temps de répliquer qu'elle a déjà raccroché. Je me sens si mal que j'ai envie de vomir. Et pas à cause du bébé, cette fois-ci. Je range ma valise dans le coffre de la voiture pendant que Nathan ferme la maison.

Dans la voiture, je reste silencieuse et garde les yeux dans le vide. J'ai mis la vie de mon frère en danger. Et si Will lui faisait du mal avant que j'arrive ? Ou s'il faisait du mal à ma mère ? Je m'en voudrais toute ma vie. À un feu rouge, Nathan pose sa main sur ma cuisse.

– Princesse, ne t'inquiète pas, ça va aller, dit-il en m'embrassant.

– Je n'en suis pas sûre, Nathan. Ma mère va appeler le policier en charge de notre protection. Il est probable que l'on doive de nouveau disparaître.

– Avec moi, hein ? m'interroge-t-il en redémarrant.

– Je n'en ai aucune idée… lui dis-je en passant mes mains sur mon visage.

Quand nous arrivons à la maison, je me précipite à l'intérieur et pousse un énorme soupir de soulagement. Kylian est là, assis sur le canapé avec ma mère. Je le prends dans mes bras et lui demande s'il va bien. Il ne dit rien, mais hoche la tête et resserre son emprise autour de moi.

– J'ai eu tellement peur, mon cœur, si tu savais ! dis-je, soulagée.

– Moi aussi, j'ai eu peur. Le grand garçon qui faisait semblant d'être mon ami m'a donné une lettre pour toi, et il est parti. Alors, je l'ai dit à la maman de Théo, et du coup on est rentrés.

– Il ne t'a pas fait de mal ?

Il se contente de hocher la tête de gauche à droite. Je le pose sur le canapé et embrasse ma mère, qui est très froide. Nathan apparaît dans l'entrée avec ma valise.

– Nathan, peux-tu nous laisser seules, s'il te plaît ? lui demande ma mère. Il faut qu'on ait une discussion.

C'est à contrecœur qu'il accepte de partir, mais il m'embrasse et sort de chez moi. Ma mère me tire par le bras dans la cuisine, sans un mot, tandis que Kylian regarde des dessins animés dans le salon. Nous nous asseyons autour de la table et elle me donne l'enveloppe que Will a remise à Kylian. Je l'ouvre pendant qu'elle commence à parler.

– Tu te rends compte de ce que tu as fait, Blue ? Ça aurait pu être beaucoup plus grave. Will aurait pu faire du mal à Kylian. Est-ce que tu te rends compte à quel point ta réaction envers ses lettres a été immature ? Il faut que tu penses que tu n'es pas la seule en danger, surtout maintenant que tu es enceinte ! crie-t-elle, furieuse. Tu aurais dû me parler de ces lettres il y a longtemps, tu es complètement inconsciente ! J'ai appelé le policier en charge de notre dossier, il vient nous voir ce soir et ton père est rapatrié. Nous allons sûrement devoir changer de vie à nouveau… Nous discuterons de tout ça ce soir.

Après m'être excusée mille fois au sujet des lettres, je pose la question qui me brûle les lèvres :

– Et Nathan ? Si on doit partir, il va venir avec nous, pas vrai ?

– Je ne sais pas, nous verrons ça avec le policier.

Je hoche la tête, impuissante, et commence à lire la lettre.

Plus que quatre jours avant ta majorité. Il me tarde tellement de venir te souhaiter ton anniversaire ! Et tu sais bien que la patience ne fait pas partie de mes qualités. À bientôt, J.

Nous devons agir le plus rapidement possible. S'il compte revenir d'ici moins de quatre jours, il faut que nous y soyons préparés.

– J'ai lu la lettre au policier, c'est pour ça qu'il a décidé de venir aussi vite. Lui seul pourra nous dire s'il faut que nous partions ou qu'on soit placés sous protection. Blue, comment veux-tu que je te fasse confiance, maintenant ? Promets-moi que tu ne vas pas bouger d'ici, aujourd'hui, et garder un œil en permanence sur ton frère, à l'avenir.

Je hoche la tête et fixe le sol, trop honteuse pour la regarder. J'ai pourtant été entraînée à faire face à ce genre de situation, et là, je n'ai pas su réagir correctement. Je me sens tellement coupable !

Quand ma mère rentre du travail en fin de journée, elle est accompagnée de mon père et du policier. Mon frère court jusqu'à mon père et lui saute dans les bras. Quand ils se séparent, c'est à mon tour de prendre mon père dans mes bras. Il me serre contre lui.

– Tu m'as manqué, je murmure contre lui.

– Toi aussi. Mais ce n'est pas pour autant que je ne suis pas furieux contre toi. D'abord, j'apprends que tu es enceinte, et maintenant, tu nous caches quelque chose d'aussi grave. À quoi est-ce que tu pensais ?

– Je suis désolée, je marmonne.

– On en rediscutera plus tard. Il faut que nous parlions au policier, pour l'instant.

Je monte à l'étage avec Kylian, et les minutes qui s'écoulent ressemblent à des heures. Je tourne en rond, tandis que Kylian me raconte sa journée chez Théo. Au bout d'un moment, je finis par aller m'allonger dans ma chambre, trop fatiguée pour rester debout.

Au bout d'une heure au moins, mon père entre dans ma chambre et s'assied sur mon lit, l'air sévère et grave.

– On va devoir disparaître à nouveau, commence-t-il. Nathan ne peut pas venir avec nous, c'est déjà assez compliqué de devoir tout organiser si vite. Les policiers ont fait en sorte qu'on puisse partir ce soir, donc Nathan doit rester ici.

– Quoi ? Mais papa, c'est le père de mon futur enfant !

Je suis désemparée. Qu'est-ce que je vais devenir, sans Nathan ?

– Je sais que c'est le père de ton bébé, et d'ailleurs ce bébé aurait dû arriver bien plus tard.

– C'était un accident, je réplique, la voix brisée par les sanglots.

– Je sais, ma chérie, mais on ne peut plus faire autrement, maintenant. La décision est prise, nous partons ce soir, affirme-t-il.

À ce moment-là, mon cerveau cesse de fonctionner. Je ne peux pas imaginer que mon enfant puisse grandir sans père, et que nous devions à nouveau repartir de zéro. C'est trop à encaisser. Je n'aurai pas la force de tout recommencer, de me sentir seule, encore et encore, comme les premiers jours quand nous sommes arrivés à Toulouse. Des larmes menacent de couler, et je m'effondre.

– Il doit bien y avoir une autre solution, réussis-je à articuler.

Mon père secoue la tête d'un air triste. Je me lève d'un coup et dévale les escaliers.

Il faut que je fasse quelque chose pour empêcher ça, que je voie Nathan. J'entends ma mère m'appeler, mais je ne lui réponds pas et traverse la route sans même regarder, jusqu'à la maison de mon petit ami. Je frappe de toutes mes forces, et au bout de longues secondes qui me semblent une éternité, la porte s'ouvre.

Mon cœur rate un battement quand je me rends compte que ce n'est pas Nathan. J'ai déjà vu cet homme, dans une situation que je préférerais oublier. Aucun doute possible, c'est l'un des avocats de Will. Qu'est-ce qu'il fait chez Nathan ? Visiblement, il ne m'a pas reconnue, mais moi je ne pourrai jamais l'oublier.

– Oui, jeune fille ? Je peux vous aider ? Vous cherchez mon fils ?

Quoi ? C'est le père de Nathan ? Ma gorge se noue, et la terre s'écroule sous mes pieds. Et si Nathan connaissait mon histoire avant même que je la lui aie racontée ? Et si c'était lui qui avait prévenu Will que j'étais là ? Tout s'embrouille dans mon esprit.

– Qu'est-ce que je peux faire pour vous, mademoiselle ? répète-t-il devant mon silence et mon air ahuri.

– Nathan est là ? je bégaye.

– Je crois qu'il est allé à la salle de boxe avec Hugo.

Je ne prends pas la peine de lui dire au revoir et pars en courant. J'envoie un message à Nathan pour le prévenir que je le rejoins et que nous devons parler. En un quart d'heure, j'arrive à la salle de boxe, et je m'avance vers l'entrée en prenant de grandes inspirations pour essayer de me calmer.

Soudain, des pneus crissent juste derrière moi.

Je me retourne et là, sous mes yeux, Will sort de la voiture.

Mon sang se glace et je me fige. J'ai l'impression d'être dans un état second. Il se jette sur moi et m'agrippe le poignet, tout en me collant un mouchoir de chloroforme sur le nez. La panique prend possession de mon corps et j'oublie alors toutes les techniques d'autodéfense que l'on m'a apprises. J'essaye de me débattre, mais Will me donne un coup de coude dans le ventre et me fait tomber au sol. Une horrible douleur me tord le ventre. Alors que je vois Will se baisser vers moi, Nathan me tire en arrière et donne un énorme coup de poing dans le visage de Will, une droite qui le déséquilibre et le fait tomber au sol. J'assiste à la scène, complètement impuissante et étourdie. J'ai envie de prendre la fuite, de courir, mais mes jambes ne répondent plus. Je reste figée sur place.

– N'essaye même pas de t'approcher d'elle ! hurle Nathan, hors de lui.

Will rigole d'un rire mauvais en se relevant. Il n'a pas changé. Ses yeux noisette et son rire sont toujours aussi terrifiants. Il se met à pointer Nathan de l'index.

– Je rêve, ou tu me menaces ? Je peux ruiner ta vie en un claquement de doigts, je peux te faire perdre la femme que tu aimes, et tu oses me menacer ? dit-il avec un rire amer.

– Dégage, souffle Nathan.

– Très bien, comme tu voudras. Blue, ou plutôt Jasmine… Tiens, est-ce que tu savais qu'elle s'appelait comme ça ? Est-ce que tu sais à quel point je l'ai détruite ?

– Tu ne la toucheras plus jamais, dit Nathan dans un souffle.

– J chérie, m'appelle-t-il. Sais-tu qui est cet homme ? Enfin, je veux dire, par rapport à moi. Sais-tu qui il est pour moi ? me demande-t-il de nouveau.

J'arrive à mettre ma peur de côté, et à lui répondre en marmonnant :

– C'est le fils de ton avocat.

Nathan se tourne vers moi, choqué par ma réponse. Il commence à bredouiller quelques mots que je ne comprends pas, mais il est très vite coupé par Will qui lui ordonne de se taire, et fait un pas vers moi. Nathan s'interpose entre nous. Mon rythme cardiaque ne cesse de s'accélérer et la douleur présente dans mon ventre s'accentue de plus en plus.

– Oh, je vois que tu n'as que la moitié de la réponse, *sweetheart*. Ce n'est pas mal, pas mal du tout. Tu préfères que je lui dise le reste moi-même, ou tu veux le faire, Rey ?

– Will, arrête et casse-toi avant que j'appelle les flics, lui répond seulement Nathan.

– C'est comme ça que tu parles à ton grand frère adoré, Nathan ?

C'est à ce moment-là que le monde s'effondre. Est-ce que j'ai bien entendu ? Ils sont frères ? L'homme que j'aime et mon pire cauchemar sont frères. C'est impossible. J'ai l'impression qu'un poignard pénètre dans mon cœur. Je lui faisais tellement confiance…

– Blue, je suis désolé, murmure Nathan en se retournant vers moi. Je ne savais pas qui tu étais, et quand tu m'as raconté ton passé, quand tu m'as dévoilé ton secret, je tenais trop à toi pour prendre le risque de te perdre en t'avouant les miens.

– Ne l'écoute pas, Jasmine. Il le savait depuis le début, il n'a fait que te mentir.

– Tais-toi ! lui ordonne Nathan en s'élançant sur Will, les traits du visage déformés par la colère.

J'ai l'impression de ne plus être là, j'entends leurs voix comme si elles étaient très, très lointaines. Soudain, Will sort une arme de son dos et la pointe vers moi. Ma vue se trouble, et alors que je m'attends à mourir, je vois une ombre apparaître derrière Will. Je n'ai pas le temps d'identifier la silhouette, car le sol se dérobe sous moi, et tout devient noir.

Un mois plus tard

Le réveil sonne. Aujourd'hui, c'est mon dernier jour à Toulouse.

Cela fait un mois que j'ai émergé, à l'hôpital. Encore épuisée par les médicaments, à peine réveillée, à moitié consciente, j'ai appris en même temps que j'avais perdu mon bébé et que Will avait été arrêté, puis ramené en prison. Pour de bon, cette fois.

Même si Will ne fait plus partie de ma vie à présent, je ne parviens pas à me reconstruire. Me blesser ne lui a pas suffi, il a fallu qu'il s'en prenne à mon bébé. J'ai l'impression que je ne m'en remettrai jamais. Pendant les premiers jours, j'étais comme morte de l'intérieur. Minho, Léa et Cameron sont venus à la maison pour demander de mes nouvelles, mais je n'ai pas eu le courage de parler à qui que ce soit. Nathan, lui aussi, est venu plusieurs fois. Il n'a pas cessé de m'appeler et de m'envoyer des messages, mais je les ignore tous. Je ne veux plus entendre parler de lui.

Il n'y a maintenant plus rien qui nous lie, hormis notre passé. Je ne lui pardonnerai jamais de m'avoir caché qu'il était le frère de Will. Je ne comprends toujours pas comment c'est possible. Will ne m'a jamais dit qu'il avait un frère, et Nathan n'en avait jamais parlé non plus. Je me sens tellement trahie. J'ai passé ces derniers jours à essayer de comprendre. Pourquoi moi ? Pourquoi a-t-il fallu que je rencontre Will ? Que je tombe amoureuse de son frère, pourquoi ? Qu'est-ce que j'ai fait pour mériter ça ?

Aujourd'hui, je vais sortir de cette maison pour la dernière fois, arpenter les rues de cette magnifique ville une dernière fois. Puis je disparaîtrai. Blue Stevens et Jasmine Henry ne seront plus que des souvenirs douloureux. Cette fois-ci, je ne referai plus la même erreur. Je n'adresserai la parole à personne, je ne m'attacherai à personne. Je ne prendrai plus jamais aucun risque.

Je m'habille et sors pour la dernière fois. Je ne sais pas où je vais, je marche sans but précis. Au bout de quelques minutes, je me rends compte que je me suis inconsciemment rendue au parc de notre premier rendez-vous, à Nathan et moi. Je décide de m'asseoir sur le même banc, simplement pour regarder passer les gens. J'imagine à quoi ressemblent leurs vies et quels sont leurs problèmes, pour ne pas penser aux miens.

Mais alors que j'arrivais enfin à évacuer les

mauvaises pensées de mon esprit, quelqu'un vient s'asseoir à côté de moi. Je tourne la tête. C'est Nathan. Je vois ses yeux émeraude, dans lesquels je ne plongerai plus. Mes yeux s'ouvrent en grand, et je me prépare à me lever, mais il retient mon bras et me supplie de rester.

– Je ne te demande pas de me pardonner, Blue. Mais, s'il te plaît, écoute-moi. Juste une fois, une dernière fois.

– Une minute, dis-je, sèchement.

– Will et moi, nous ne sommes que demi-frères. Nous n'avons pas la même mère ni le même nom, et on n'a jamais grandi ensemble. Nous n'étions plus en contact depuis des années et j'ignorais tout de sa vie. Je te jure que je n'étais pas au courant de ce que t'avait fait Will, ni de qui tu étais pour lui avant que tu m'en parles. Je suis désolé de t'avoir caché ça, j'aurais dû t'en parler, je le sais maintenant et je le regrette. Mais je ne voulais pas te perdre. Et si je te l'avais dit, je suis sûr que tu m'aurais rayé de ta vie. Je n'ai pas raison ? demande-t-il.

J'essaye de ne pas laisser ses paroles, ainsi que son regard triste, me toucher, et je me concentre sur le reste du temps que je dois encore passer à l'écouter.

– Il te reste trente-cinq secondes, je lui rappelle.

– S'il te plaît, Blue. Regarde-moi, dis quelque chose, me supplie-t-il.

Mon regard reste fixé sur l'horizon. Je ne veux

prendre aucun risque. Il faut que je parte d'ici avec la même rage qui m'animait quand je suis arrivée. Il murmure mon nom tout en essayant d'entremêler mes doigts aux siens.

– On a perdu notre enfant, et même si ce n'était encore qu'une minuscule cellule, ça me tue. Je m'étais fait à l'idée d'élever un enfant avec toi. Regarde-moi, répète-t-il sur un ton suppliant.

L'entendre parler de « notre enfant » me met la boule au ventre. La minute que je lui ai accordée est écoulée, je me ressaisis et me lève.

– Je pars ce soir, Nathan. Toi et moi, c'est terminé. N'essaye pas de me retrouver et, je t'en supplie, ne parle de mon passé à personne. C'est tout ce que je te demande, je l'implore avant de m'en aller.

Je m'empresse de sortir du parc, sans me retourner. Étonnamment, Nathan ne me suit pas. Au fond de moi, je le remercie sincèrement de ne pas rendre mon départ plus difficile qu'il ne l'est déjà. Je rentre donc chez moi et prépare ma valise. Quitter mes amis est difficile. C'est la première fois que je m'étais autant attachée à des gens. Quitter Nathan est plus difficile encore, car même si je ne lui pardonnerai jamais, il m'a fait vivre la plus belle histoire d'amour de ma vie.

Mais je le fais pour mon bien. Je le sais, maintenant.

Merci à ma famille qui m'a encouragée et soutenue, et merci à mes lecteurs et lectrices sur Wattpad qui m'ont permis de me lancer dans cette aventure.

Retrouvez-moi

Sur Wattpad : @camillep-1d
Sur Twitter : @camillep_1d
Sur Instagram : @camille_pujol9
Sur Snapchat : camfiction

Composition et mise en pages
Nord Compo à Villeneuve-d'Ascq

Imprimé en Espagne
ISBN : 979-10-224-0285-9
Dépôt légal : mai 2018
POC 0195